中华先锋人物
故事汇

李登海

玉米高产的魔法师

LI DENGHAI
YUMI GAOCHAN DE MOFASHI

鞠慧 著

党建读物出版社　

图书在版编目（CIP）数据

李登海：玉米高产的魔法师/鞠慧著．—南宁：接力出版社；北京：党建读物出版社，2024.1

（中华人物故事汇．中华先锋人物故事汇）

ISBN 978-7-5448-8401-3

Ⅰ.①李…　Ⅱ.①鞠…　Ⅲ.①传记小说-中国-当代　Ⅳ.①I247.5

中国国家版本馆CIP数据核字(2023)第247224号

李登海——玉米高产的魔法师

鞠慧　著

责任编辑：涂曼璐　陈耀鲁
责任校对：王　蒙　刘会乔
装帧设计：严　冬　　美术编辑：高春雷
出版发行：党建读物出版社　接力出版社
地　　址：北京市西城区西长安街80号东楼（邮编：100815）
　　　　　广西南宁市园湖南路9号（邮编：530022）
网　　址：http://www.djcb71.com　　http://www.jielibj.com
电　　话：010-65547970/7621
经　　销：新华书店
印　　刷：北京科信印刷有限公司
2024年1月第1版　　2024年1月第1次印刷
787毫米×1092毫米　32开本　5.25印张　77千字
印数：00 001—10 000册　　定价：25.00元

版权所有　侵权必究

质量服务承诺：如发现缺页、错页、倒装等印装质量问题，可直接联系本社调换。
服务电话：010-65545440

目 录

写给小读者的话 …………… 1

后邓村的万 ……………… 1

踏着薄冰过王河 ………… 9

老榆树，喜鹊窝 ………… 15

爬树的秘诀 ……………… 21

赶庙会 …………………… 27

你说了"没有" …………… 35

自留地里种地瓜 ………… 43

胶皮窝窝头 ……………… 49

窝棚搭在地头上 ………… 55

辣椒饼子豆面饭 ………… 61

万真是个好孩子·················67

印着中国地图的日记本··········73

十八岁的"老头儿"坐在河边····79

学习的好榜样··················85

咱们中国人也能办得到··········91

扛着自行车奔跑················97

二十粒"金种子"···············105

与时间赛跑的人···············113

海南荔枝沟···················121

榜样的力量···················129

有趣的试验···················135

三十多个春节·················143

两个"一千亿"················149

把论文写在大地上·············155

写给小读者的话

亲爱的小朋友,香甜软糯的玉米,你一定吃过吧?

珍珠般的玉米粒儿,整齐地排列在玉米棒上,一粒紧挨一粒,把玉米棒从上到下包得严严实实。

在几十年前,玉米棒可不是这样的呢。那时的玉米又瘦又小,粒儿长得稀稀拉拉,穗头上大多空着,没有粒儿。好几穗玉米加起来,也没有现在一穗玉米长出的籽粒多。

瘦小缺粒的玉米,是怎么变得又粗又长又饱满的呢?让我们来认识一个人,是他让玉米变了样。

在美丽的山东莱州湾畔,一个叫后邓的小村庄里,有位年轻的农业科研队员,他无意中看到一份资料：美国农民研究出的玉米品种，亩产量高达一千多公斤①。这让他很震惊。

从此，这位年轻的科研队员在心中埋下了一颗梦想的种子——研发玉米高产品种，赶超世界玉米高产纪录。外国人能做到的，中国人也一样能做到！

他深知玉米是一种应用领域很广的农作物，除了是国家重要的粮食作物，关系到人们能不能吃饱饭，还是饲养家禽家畜的优质饲料，更是重要的工业原料。

很多美味的零食，如糖果、麦片、巧克力的生产，都离不开玉米的参与。生产日常生活中必需的酒精、纸浆等，也都有玉米的功劳。玉米被深度加工后，还能用来生产青霉素，制造葡萄糖等药品。

在这位科研队员出生的年代，物资极其匮乏，人们经常食不果腹，他从小就懂得粮食的重要性。

---

① 公斤：重量单位，1公斤等于1千克。——全书脚注均为编者注

他深知，作为关系到国计民生的重要物资，玉米高产的主动权，一定得牢牢掌握在中国人手中。

搞科研需要大量理论做基础。只有初中学历的他，无论白天工作多累，都会在晚上挤时间钻研书本上的知识。

他自建温室大棚，硬生生在山东老家种出了两季玉米。

他和时间赛跑，去海南建试验基地，用一年时间干了三年的活儿。

连续三十多个春节，他选择在海南的试验基地里观察、记录玉米的生长情况，没回老家与年迈的娘团聚。

当突如其来的暴风雨把即将成熟的玉米拦腰折断，他失声痛哭，哭过之后又擦干泪水继续前行。

凭借着坚定的信念和不懈的努力，他几十年如一日，埋头钻研。

经过无数次的失败，他终于发现了紧凑型杂交玉米的高产奥秘，推动我国杂交玉米育种由平展型向紧凑型转变。

他就像一位让玉米高产的神奇魔法师,将一二百公斤的玉米亩产量,一步步提高到五百公斤、六百公斤、七百公斤、八百公斤,直至一千四百公斤,七次创造我国夏玉米的高产纪录,两次刷新世界夏玉米的高产纪录。

他就是被称为"中国紧凑型杂交玉米之父"的李登海。

后邓村的万

一九四九年秋末,在山东省莱州湾畔的后邓村,人们刚刚经历了忙碌的秋收秋种,进入短暂的休耕期。微薄的收成虽不能让日日面朝黄土背朝天的农人们吃上几顿饱饭,但与经常断顿的春天相比,刚刚收进囤的玉米、高粱、大豆和谷子,足以让他们心里踏实不少。

农历九月二十八,一个男孩在后邓村出生了。

男孩的家里只有娘、奶奶和比他大九岁的姐姐。爷爷当年闯关东留在了哈尔滨。爹在哈尔滨读书后,也在那里工作。男孩还有一个比他大十七岁的哥哥跟在爹身边。

娘个子不高,也不壮,却是家里唯一的劳动

力。家里和地里的脏活儿、累活儿，男孩的娘都包揽下来。她知道，丈夫不在家，婆婆年纪大，孩子还小，这些事就该她来干。

男孩出生当天，娘还在坡里①搂草，直到肚子疼痛难忍，才背起柴筐往家赶。

男孩刚出生时，瘦瘦小小的，一双乌黑明亮的眼睛，好奇地看着围在身边的亲人们。

奶奶给男孩起了个乳名叫万，大名李登海。大孙子不在身边，孙女也快十岁了，家里多年没听到孩子的啼哭声了，老人对这个小孙子很是疼爱。

尽管当时的生活十分贫困，李登海依然在家人的呵护和照料下茁壮地成长。

姐姐登云放了学，跟小伙伴一起去地里挖野菜、捡柴草。

李登海也想去，可姐姐不愿带他。

"跟奶奶在家玩。去坡里，你能干啥？"姐姐问。

"能挖菜，能拾草。"李登海挎上姐姐的篮子

---

① 坡里：山东方言，指田里。

就往外走。

"你认得菜吗？啥能吃，啥不能吃？"姐姐掰开李登海的手，想撇下他。

李登海伸手扯着姐姐的衣角说："俺认得，青青菜①上带着小刺。娘跟俺说嫩菜打糊糊喝，不嫩的喂猪。"

"俺们要去三里坡呢，你能走那么远吗？"姐姐又要去掰李登海的手。

李登海眼巴巴地看着姐姐说："能！等到了，你跟兰姐姐拾子儿②玩，俺帮姐姐挖菜。"

姐姐禁不起李登海的央求，只好拉起他的小手，一起出了门。

李登海蹦着跳着往前跑，奶奶踮着小脚在后边追着喊："万啊，你可慢着点跑，别摔着了！"李登海一边应着，一边拐过一条胡同。身后没了奶奶的影子，李登海跑得更快了。

三里坡可真是远。才刚走了一里③，李登海就

---
① 青青菜：山东方言，学名小蓟，有凉血止血、祛瘀消肿的功效。
② 拾子儿：一种游戏。玩家需先抛起一颗小石子，在其掉落前捡起另一颗石子，之后用手快速接住下落的石子。
③ 里：长度单位，1里约合500米。

走不动了，可他知道自己不能说累，要不姐姐下回肯定不带他去。

李登海越走越慢，没过一会儿，姐姐就不得不停下来等他。

"还有多远啊？"李登海仰起小脸问姐姐。

"累了？"姐姐看着李登海红扑扑的脸蛋问。

喘着粗气的李登海点了点头。

"是你自己愿意来的不？"姐姐皱着眉头问。

李登海又点点头，泪水在眼眶里打转。

"自己说要干的事，就不能后悔！"姐姐说完继续往前走。

李登海跟在姐姐和兰姐姐身后，紧赶慢赶地往前追，可三里坡好像永远也走不到。

姐姐跟兰姐姐商量了一下，她们没有去三里坡，就在一处长着野草和野菜的地方停下来。听兰姐姐说，大家才走了不到一半的路，三里坡的野菜可比这里多出不少呢。

歇歇脚后，李登海又变得活蹦乱跳起来，他发现一棵开着黄花的苦菜、一棵开着紫花的青青菜、一棵开着粉花的福根苗①……李登海小心翼翼地挖起那些菜,轻轻放进篮子里。

一只绿色的蚂蚱和一只褐色的蚂蚱吸引住了李登海,两只蚂蚱像在比赛看谁跳得更远。李登海追着蚂蚱跑进了玉米田,早把挖野菜的事抛到了脑后。

"万,快回来!"姐姐立刻追进了玉米田。

田野里好看好玩的东西实在太多啦!五彩缤纷的野花,随处可见的犁头草,跳来蹦去的青蛙,还有空中飞来飞去的鸟儿,玉米叶下趴着的大胖青虫……对李登海来说,这一切都是那么新奇,那么好玩。

姐姐很快找到了李登海,还顺手帮他抓了一只大大的蚂蚱和一只好看的七星瓢虫。

没过多久,姐姐的菜篮子满了。

不远处的地头有一棵大柳树。绿荫下,跑累的李登海睡得正甜。姐姐给他捉的蚂蚱和七星瓢虫,还被他牢牢抓在小手里。

---

① 福根苗:山东方言,学名打碗花,其嫩叶可用来炒食或做馅,但其根茎有一定毒性,过食可能导致腹泻。

姐姐把熟睡的李登海放在背上,她一条手臂护着弟弟,另一条手臂挎着装满野菜的柳条篮子,一步步走回了家。

刚从地里回来的娘把李登海从姐姐背上抱下来,轻轻放在炕上,李登海连眼睛都没睁一下。

"这娃娃,累草鸡①了。"娘看着躺在炕上呼呼大睡的李登海,笑着说。

醒来后,李登海用手揉着眼睛,他左看看右看看,不解地问:"俺咋睡着了呢?咋还睡在了咱家的炕上?"

娘一边纳鞋底一边说:"是累得太狠了,肯定又跑又跳的。"

一旁的姐姐接过话茬儿说:"再去挖野菜,俺可不敢带上你,又睡着了怎么办?"

"不睡不睡,再睡,就不带俺。"李登海死死抓住姐姐的手。

"拉钩。"姐姐伸出小指头。

李登海学着姐姐的样子,曲起右手小指。"拉

---

① 累草鸡:山东方言,指身体疲惫而不得不休息的状态。

钩上吊,一百年不许变,谁变了谁是大坏蛋。"

过了几天,李登海又跟着姐姐去挖野菜。

看到飞舞的蝴蝶,李登海还是忍不住去追。见到蹦跳的青蛙和蚂蚱,他还是忍不住去撵。

李登海靠在一棵大树上,身子慢慢瘫倒下来。就在眼睛要闭上的一刹那,李登海突然想起跟姐姐拉钩的事,还记起答应娘的话。他用力睁开眼睛,顺着树干慢慢站起身子。揉揉眼睛,他看到不远处有几株粉色的酒酒花①开得格外好看。他要摘了来,送给疼爱他的姐姐,还要摘几朵送给娘。

天色渐暗,李登海一只手拿着用草茎拴好的蚂蚱,另一只手拿着几束野花,跟姐姐往家走。姐姐怕李登海像上次那样玩得太累,问他要不要背。李登海坚定地摇了摇头,跟在姐姐身后,一步步往家走。

---

① 酒酒花:山东方言,学名地黄。

踏着薄冰过王河

李登海五岁那年,奶奶去世了。成绩优异的姐姐也在他八岁那年,以全校前十的成绩,考入了重点中学掖县①四中,后来转学去了哈尔滨。这时的家里只剩下李登海和娘两个人。

当时,家家缺粮食,户户少柴烧。生产队分的柴有限,家里烧火做饭的柴草,全靠娘起早贪黑地捡点树叶和干树枝。

娘常说:"秋天弯弯腰,强似春天跑十遭。"

娘的意思李登海懂。秋天的收成虽然有点薄,吃食没处寻,但相比春冬两季,还算是个有收获能

---

① 掖县:今山东省莱州市的旧称。

储藏的季节。趁着秋天，尽可能多地储藏些柴草，用来度过漫长的冬季和万物刚刚萌芽的春季。

对农人们来说，冬天寒冷漫长，而秋天储存下的柴草和粮食能供人们勉强生活。可到了春天，存下的东西越来越少，日子也就更加艰难。春天，常被叫作"苦春"。

娘为了省下一些柴草，每次做饭都精打细算。锅里的饭只要烧到九成熟，娘就不再往灶膛里添柴，而是多盖一会儿锅盖，把饭焖熟。

灶膛前烧剩的柴草屑混着泥巴，不适合当柴烧，可娘总舍不得扔。抓一把柴草屑塞进灶膛，被泥巴压住的火苗变成浓烟，从灶口冒出来，娘每次都会被熏得眼泪直流。

李登海看在眼里，疼在心中。他暗下决心，要在冬天到来前，给家里存下更多的柴草，让娘少遭些罪。

放学后，李登海把书包往炕上一扔，从吊在房梁上的干粮筐子里掏出小半块黑窝头，一边吃一边挎上篮子，扛着耙子就出了门。跟着小伙伴一起到坡里搂树叶、捡树枝、拔草，是他年少时必干的活儿。

古话说"秋风扫落叶",夜里只要听到刮大风,李登海就不敢睡太沉,生怕早晨醒晚了,落叶和枯枝被人抢了去。睡一会儿,他就爬起来,走到屋门口去看天上的星星,好判断几更天了,或者通过窗纸颜色的深浅,来判断何时天明。

即使是这样,想捡到枯枝和落叶也很难,跟李登海有一样想法的人太多了。天不亮,人们就爬起来,奔赴有树或长草的地方。出门晚的人只能看到一片空落落的地面。

李登海一直琢磨,哪里才能捡到更多柴草,直到他发现了王河对面那片小树林。河南岸的村庄少,树林离村子也远,加上河上没有桥,很少会有人去那里。他跟好友小杰约好,清晨早起,一起去王河南边搂树叶、投干棒①。

大风从傍晚就开始刮了。夜里,李登海几次醒来,披衣下床,看天快亮了没有。听到第一声鸡鸣,李登海飞快跳下床,三下五除二地穿好衣服和

---

① 投干棒:把木棍砸向树冠,以获取枯树枝的一种方法。干棒是枯树枝的意思。

鞋子,背起早准备好的柳条柴筐和耙子,朝小杰家跑。

天刚蒙蒙亮,两人就已经站在了王河边。河上没有桥,还好河水不深,刚没过小腿。满天的星星一闪一闪地眨着眼睛,像在纳闷,这两个少年为何这么早就来到了河边。

"咱蹚过去吧。"李登海坐在地上开始脱鞋。

此时,王河水面的薄冰照着两个少年的身影。李登海脚上的大乌拉头①,是爹托人从哈尔滨捎回来的。李登海非常珍爱这双鞋,要不是平时穿的鞋实在烂得不成样子,再冷的天,他也不舍得穿,怕把鞋子弄脏弄湿。

"脱鞋蹚过去?"小杰紧了紧被风吹开的棉袄,用力缩了缩脖子,"万,要不咱别去了。"

"说好的,咋能不去了?"赤着双脚的李登海说着,就把一只脚踏在薄冰上,刺骨的寒冷让他忍不住猛吸了一口凉气。

李登海一咬牙,站在冰上的那只脚猛地一踩。

---

① 乌拉头:东北地区特有的一种鞋,一般用牛皮或鹿皮缝制,因其内部塞入了用来保暖的乌拉草而得名。

哗的一声，冰碎了。岸上那只脚也紧跟着踏进冰凉的河水中。在河水中停了一下，李登海咬牙朝河对岸走去，他边走边回过头，大声对小杰说："一点儿都不冷。不信你下来试试。"

"不冷？鬼才信！"小杰把脖子缩得更紧了。

"俺啥时骗过你？第一脚是真凉，咬牙迈出第二脚，水就变温了。你试试，第二脚还是凉的，俺搂的树叶、投的干棒都归你。"李登海站在河中央，转头大声说。

眼看李登海要到对岸了，小杰犹豫着把一只脚踏进了河水里。被踩碎的冰碴儿令他打了个冷战，他立马把脚缩了回去。

"第二脚是温的，信俺！"已经上岸的李登海喊道。

小杰把刚缩回的脚重新放进河水中。刚开始，他走得很慢，嘴里不停地倒吸着凉气。不一会儿，他越走越快，边走还边冲李登海点头："还真是，水变温了呢！"

到了河对岸，巴掌大的杨树叶、比手指还长很多的柳叶密密实实地铺了一地。不一会儿，两个人的柴筐都被树叶塞得满满当当。他们用脚把筐里的树叶踩实,直到再也装不下。

"叶子暄腾,不耐烧,咱再投些干棒。"李登海说着,从地上捡起半块砖头,朝着一根干枯的树枝投去。

俩人在树林里跑来跑去,没过多久,他们投下来的干棒横七竖八地落满一地。

李登海跑热了,把身上的大皮袄脱下来,随手放在地上。皮袄是姥姥的,天冷外出时,李登海就穿在身上御寒。歇了一会儿,李登海穿上皮袄,一只肩上背着沉甸甸的柴筐,另一只肩上扛着一大捆干树枝,满载而归。

"万,明日咱还去河南岸。"临别时,小杰兴奋地对李登海说。

"不怕冷了?"李登海问。

"不怕!"小杰握起拳头挥了挥。

回到家,李登海悄悄地将柴放到灶旁,他怕娘担心,没有提去河南岸捡柴的事。他还想着明日再早点起,多搂些树叶,多投点干棒,让娘少受点苦,少操些心。

老榆树，喜鹊窝

门前的老榆树是爷爷当年离家前栽下的。

老榆树巨伞一样的树冠，遮住了半个屋顶，各种鸟儿叽叽喳喳唱着歌，在枝头跳来跳去。榆树下，是村里人乘凉拉呱①的好去处。

春天，榆树发了芽，一嘟噜一串的榆钱密密实实地挂满枝头。风一吹，榆钱的香味飘荡在整个后邓村。

李登海找来娘支蚊帐用的长竹竿，再把弯出个钩的铁丝绑在竹竿上，一个好用的采摘工具就制作完成了。

---

① 拉呱：山东方言，指聊天。

一串串的鲜榆钱，随着李登海手中竹竿的起落，掉在地上。偶有一串榆钱落在身上，李登海随手拿起，放进嘴里。鲜香清甜的汁液随着他的咀嚼，经口腔缓缓穿过喉咙，瞬间浸透五脏六腑。

鲜甜清香的榆钱，是最美味的零食。那个时候，别说榆钱，就是榆树叶子，也是难得的好吃食。蒸窝头，烀饼子，烙咸食，任哪样都能把邻家小孩馋出口水。

提着满满一篮子榆钱往家走，李登海心中就像刚刚吃过的榆钱一样，满满的甜蜜。这么多的鲜榆钱，这些甜美的零食够他吃好几天，没有哪个小伙伴能像他这样富足。

回家后，娘把柳条篮中的榆钱分成很多份。"前头二奶奶家的，北头三婶子家的，屋后麦子家的……"

李登海眼巴巴地瞅着刚才还满满的柳条篮，一眨眼就见了底，心里很不是滋味。

娘看出了李登海的心思。

"万啊，跟娘说，咱家的小白菜哪里来的？"

"二大娘家送的。"李登海不解地看着娘，

"二大娘家的姐姐来送菜时，娘在家呀，娘咋问这个？"

"咱家的独轮车，谁给修的？"娘又问。

"秀娟她爹呀。"李登海眨巴着眼睛，还是没明白娘为啥问这些明摆着的事。

"咱家的屋墙是谁帮着糊的？"娘再问。

"五叔。"李登海终于明白了娘的意思，他低下头，声音也小了。

娘看着李登海，微笑着点点头。

"娘，我这就去送。"拿起娘分好的榆钱，李登海噔噔噔地跑出了家门。

自那之后，每年摘榆钱时，不等娘吩咐，李登海都会主动把榆钱放到娘跟前，等娘分好，他去送。

老榆树太高，梢头上的榆钱竹竿够不到。几阵春风、几个烈日后，树梢上的榆钱由嫩绿变成了深绿，再由深绿变成了淡黄，最后成了乳白色。一阵风吹过，老榆钱纷纷飘落，树下铺上了一层干榆钱。

村里的小伙伴都喜欢到大榆树下玩。榆钱挂满枝头时，他们每天放了学，都要跑到大榆树下仰起小脸，看看榆钱长饱满了没有，榆钱串变长了没有。那一串串碧绿的榆钱，牵动着每个孩子的心。

与清甜的嫩榆钱不同，干榆钱别有一番滋味。干榆钱虽然小了点，可越嚼越香，像吃花生或芝麻。除去过年，平时哪家能有花生和芝麻吃？大榆树上的干榆钱，让李登海和小伙伴体会到了过年般的快乐。

闲暇时，李登海也常常仰起头，盯着巨伞一样的榆树冠看。

不知从何时起，两只喜鹊在大榆树的主枝上搭起了窝。它们不知疲倦地飞来飞去，从远处衔来一根根树枝、一片片羽毛或一截截草茎。

"喜鹊要飞老远才能找来一根小树枝，那个窝啥时能搭起来呀？"李登海想不明白。

"不管啥事，认准了，真干就能成。"娘对李登海说，"别看喜鹊半天才叼来那么一个小物件，只要不停地叼，早晚能搭出一个窝来。"

娘的话，李登海半信半疑。

每天，李登海都到大榆树下看看喜鹊窝变大了

老榆树，喜鹊窝

没有。每次，他都看不出今天的窝与前一天的有啥变化，只知道喜鹊仍旧不停地衔着草和树枝飞来飞去。

不知过了多少天，李登海又仰起头，把目光聚焦在喜鹊窝上。他惊奇地发现，喜鹊窝搭好了。一只喜鹊转动着小脑袋，从窝里探出头来，唱起婉转的歌。喜鹊好像对李登海说，这回，相信了吧？

李登海盯着漂亮的喜鹊窝和唱歌的小喜鹊，看了很久。

娘的话，李登海信了。

爬树的秘诀

夏天来了,村前屋后的树上,知了唱起了歌。

李登海刚认识知了的时候,娘就告诉他,知了有两种:拉长声音唱歌的是大知了[①],唱一句歇一歇的是嘟知了[②]。大知了个头儿大,浑身黑亮,多落在高枝上。嘟知了个头儿小,身上带着暗褐色花纹,常落在低矮的树上。

村里孩子爱逮知了,李登海也一样。逮到的知了一般会被扔进盐罐里腌了,或直接扔进灶膛的火灰里烧熟,若能油炸,就更香酥可口了。

可李登海不擅长爬树,能逮到的知了大多是小

---

① 大知了:山东方言,知了的一种。
② 嘟知了:山东方言,知了的一种。

小的嘟知了。

好朋友小杰不管什么样的树，都能轻轻松松地爬上去。他两脚一蹬，脱掉鞋子，再噗噗往手心吐两口唾沫，用双臂环抱住树干，身子往上一纵，双脚立马离地三尺。小杰不仅爬树像猴子一样快，动作还特别轻巧。他都爬到离知了很近的地方了，知了往往还在起劲地唱歌。

李登海想像小杰那样会爬树，可他爬不高，也爬不快。树干太粗，双臂抱不过来，不能爬；树干太细，脚不好踩，也不能爬。即使是不粗不细的树，李登海费了很大力气，往往爬到离地面不远的地方就爬不动了。如果手上或脚上稍一松，就直接从树上滑了下来。

李登海想知道爬树有啥秘诀。

"秘诀？"小杰有些不解地看着李登海，"爬个树能有啥秘诀？会走路就会爬树。"

小杰说着，跑到不远处的一棵树皮白亮、平滑的白杨树下，伸手搂住树干，噌噌噌几下就爬到了树顶。他站在一根碗口粗的树枝上，双脚用力踩呀踩，身子就一上一下地颤起来。

李登海仰头望着,心里羡慕极了。

小杰反手抱住树干,眨眼间就落到了地上。

"说说,你是咋爬这么溜的。"李登海追问。

"练多了,就这样子呗。"小杰禁不住李登海的一再询问,回答道。

"也没见你练呀?"李登海满脸疑惑。

"你要真喜欢,真想练,还非得让人家看见?"小杰说完,又朝一棵大柳树跑去。

李登海望着小杰的背影,心中不停琢磨着他刚才的那句话。

那些日子,每天放学后去割草或挖野菜时,只要遇到合适的树,李登海都要先练一练。

一天,李登海割草途中路过小树林,他看到一棵粗细合适的树,立马放下筐,脱掉鞋,准备开始往上爬。

李登海一口气爬到了接近树杈的地方,激动得心怦怦跳。往后,他也能轻松爬到高高的大树上,能踩着树枝颤悠,能坐在横枝上双腿悠来荡去[①],

---

① 爬树危险,请勿模仿。

能逮大知了了！他伸手去够头顶的横枝，却不想双脚没踩住，身子顺着树干快速溜了下来，重重地摔在地上。李登海顾不得摔疼了的屁股，爬起来继续练习。

不知爬了多少次，也不知跌了多少回，李登海终于能够到那根横枝了，他用力往上一纵。坐在树上的李登海看到了流淌的王河水，看到了错落的房屋和袅袅炊烟，看到了绿油油的庄稼和纵横的田间沟渠。

远处，呼喊声随风传过来。

一开始，李登海没在意，直到呼喊声越来越近，越来越真切。李登海听出来，是娘在喊他回家吃饭，他慌忙从树上往下溜。

看着树下空无一物的柴筐，李登海一下子有点慌了，他本来打算割草挖菜的，这可怎么办？栏里的猪还等着野菜当饭呢。

低头穿鞋时，李登海的目光落在裤子上。糟糕，刚才只顾着练爬树，没注意到裤子被树皮磨了好几个大洞。家里没钱买新布，这条裤子还是姐姐穿不下给他的。裤子破成这样，柴筐也是空的，娘肯定生气。想到这里,李登海不敢回家了,找到一个小柴屋,藏了起来。

过了很久,娘终于找到了李登海。娘既没有打他,也没有骂他,而是脱下外衣,帮他系在腰上,又抬手摘掉他头上的一片树叶。

"回家,先吃饭。"娘说。

李登海的眼泪瞬间流下来,他说:"俺想着练一会儿爬树就去割草挖菜……练起来,就忘了。"

"能爬上去了?"娘问李登海。

"能了。"李登海仍旧低着头。

"凡事都没白来的,真干了才成。"娘将李登海手里的空柴筐背在肩上,拉着李登海的手朝家走。

夜深了,昏黄的煤油灯下,娘在给李登海补裤子。

趴在炕上的李登海困得实在熬不住了,梦中都是娘飞针走线的身影。

赶庙会

秋天刚过,马上要赶庙会的消息就在后邓村传开了。

赶庙会,对方圆几十里地的人来说可是件大事。在物质生活不充裕,精神生活也匮乏的年代,赶庙会对当时的人们,尤其是孩子来说,就像过节一样令人开心。

赶庙会的事,李登海跟娘念叨了好几回。

"去看看吧,热闹着呢。"娘说。

那天,李登海起了个大早,他要到西由公社去赶庙会。

出发前,娘从褥子底下掏出一个手绢包,从里面拿出一张绿色的纸币说:"一年就这一回,吃的、玩的,想买啥就自己买。"

两毛钱,对当时的李登海来说,可算是一笔"巨款"。

李登海平时很少跟娘要钱。铅笔短得拿不住了,用废纸一卷,接着用。本子实在写不下一个字,才往后翻。做算术题时,李登海常常用小树枝在地上打草稿。实在需要买铅笔或本子,他才开口问娘要三分或五分钱,剩下的一两分钱,回家后必定交还给娘。

李登海知道家里穷,娘操持这个家不易,他从不舍得乱花一分钱。

后邓村离西由公社大约四里地。对从小在乡野里跑习惯的李登海来说,这点路实在算不上什么,他跑着跳着就到了。

李登海时不时把手伸进口袋,摸摸揣着的两毛钱还在不在。当手指触到那张软得不能再软的东西后,他才心安。

庙会与平日的集市不同,商品更多,规模更大。日常生活中常见的、不常见的,在庙会上都能见到。一般的集市只有一天,而庙会能持续五六天甚至更长时间。

平日集市上看不到的各种曲艺、杂耍、戏曲表演，庙会上都有。大家不用买票，喜欢看哪个就跑到哪个戏台前。如果站在人群中看不见，可以使劲往前挤，直到挤到戏台跟前。

卖布的支起了一溜齐腰高的架子，花花绿绿的布匹，一卷一卷地排在铺了高粱秸箔[①]的架子上。

卖衣服的则把裤子、褂子一排排挂起来。那些红红绿绿的衣服在风中轻轻摇着，似乎在与摊位前的女人们打招呼。

卖农具的在地上摆起长长的地摊。各种样式的镰刀、锄头、铁锨等，在阳光下闪着瓦蓝的光。三五个叉把[②]和扫帚绑成个捆，像伞一样立在地上。

杂货摊上，大大小小的柳编筐篮，高粱茎秆做成的盖帘，蒲草、玉米皮、麦秸和茅草做成的厚蒲团，或高或矮的木质小凳子和马扎等应有尽有。

---
① 高粱秸箔：高粱茎秆编成的席子。
② 叉把：一种农具，多由树杈加工制成，用于叉取柴草。

包子铺前,一屉屉刚出锅的包子冒着热气,香味直往鼻子里钻。"刚出锅的猪肉灌汤包,咬一口香掉牙呀!"

与包子铺紧挨着的油条摊前,戴着白套袖的伙计系着白围裙,他的吆喝声里也带着浓浓的香味。"刚出锅的香油炸馃子,外酥里嫩,吃一口香你三个跟头啊!"

李登海猛地吸了吸鼻子,包子和油条特有的香味混合在一起,可真好闻,他忍不住咽了一大口口水。这么香的包子和油条,别说是平时,就是过年也很难吃到。早上吃的半个高粱面饼子和一碗地瓜面粥,早跑没了,此时,李登海的肚子里就像藏着一只调皮的小猫,在来回地抓。

手里紧紧握着那两毛钱,李登海又咽了咽口水。五分钱能买一个猪肉灌汤包,三分钱能买一根香油炸馃子,李登海心里想着,仿佛真的吃到了一样。

那张纸币被李登海手心里的汗焐得有些潮,皱得更厉害了。他把钱拿到脸前看了一会儿,又朝不远处的包子铺和油条摊看了一眼,默默地把攥着钱的手重新揣进口袋,慢慢朝街的另一头走去。

李登海知道这两毛钱来之不易。

晚上,姥姥和娘忙完地里的活儿后,借着昏黄的煤油灯光,双手不停地掐着麦秆小辫儿。她们的手指被粗硬的麦秆磨出了水疱,水疱消失后,长出茧子。掐好的小辫儿,要在线拐子上绕二十一圈才算一个。一拐子小辫儿,要耗费姥姥和娘好几天时间。拿到集市上,有时候一个能卖上两毛钱,更多的时候,只能卖一毛五分钱。

李登海顺着赶庙会的人流,时东时西地走着,不远处的皮影戏表演吸引了他的目光。脑海中猪肉灌汤包和香油炸馃子的画面,被幕布上的人偶赶走了,李登海专注地看起皮影戏来……

从庙会回到家时,天已过午。

李登海先从口袋里掏出那两毛钱还给娘,又跑到灶屋里掀开锅盖,从箅子上拿起一个地瓜面饼子,一边大口吃着,一边给娘讲庙会上看到的新鲜事。

"人可多了,啥子都有。娘,你也去看看吧。"

"娘有空就去。"娘说着,把那两毛钱仔细包回手绢包里,"你咋不给自己买点啥?庙会上那么多好吃的、好玩的。"

"吃了就没了。"李登海狼吞虎咽地说。

娘笑了笑:"等卖了小辫儿,就又有了。"

"那不一样。"李登海边啃着手里的饼子,边提起竹筐朝外走。栏里的猪还等着他挖回的猪草呢。

庙会的最后一天,小伙伴约李登海去玩。

娘又把那两毛钱放到李登海手上:"给你自个儿买点啥,别再带回来了。"

"嗯。"李登海点点头。钱上带着娘手的余温,李登海把钱仔细放进口袋。

李登海和伙伴们一路蹦蹦跳跳,没过多久就到了。赶庙会的人少了些,摊主都在忙着做撤摊准备。

李登海逛了大半天。他给姥姥买了一条毛巾,给娘买了一包针,给自己挑了一本《西游记》连环画。

口袋里还有五分钱。路过卖棉花糖、糖人和山楂粘的吃食摊,李登海没有停留。他看了看自己买的东西,摸着口袋里剩下的五分钱,心里特别幸福。

　　回家后,李登海把剩下的五分钱还给了娘。

你说了"没有"

过了腊月二十三，年味越来越浓。

刮着北风的街上，人多了起来。端了簸箕、抬了笸箩去碾上碾粮食的人们，边走边大声说着话。挽了竹筐或背了褡裢①去赶集的人们，相互打着招呼，结伴而行。勤快的人拿了大扫帚，在唰啦唰啦地扫街。积了一个冬天的碎砖烂瓦被归拢到角落，裹着碎屑的尘土在不算宽的街上愉快地飞扬。

粮食不够吃，也没有新衣服穿，可这一点儿也不影响人们过年的热情。特别对李登海这么大的孩子来说，还没进腊月门，就开始掰着手指头一天天

---

① 褡裢：两端用来装东西的布口袋，搭在肩上方便行动。

地盼过年了。

娘说,腊月二十三灶王爷生日,是小年。娘还说,灶王爷有两个罐子,人行下的善会被存进"善罐"里,而作下的恶则会被存进"恶罐"里。一个人的"恶罐"满了,大致就没救了。

"那两个罐子在啥地方呢?"李登海好奇地问娘。

"不是啥物件都能靠眼睛见到。"

尽管娘的话有些费解,李登海还是记在了心上。

小年这一天,娘把年三十都舍不得吃的白面拿出来,蒸了面鱼、面桃,摆在灶台上祭灶王爷。娘还把锅从灶台上揭下来。每年腊月二十三祭完灶王爷,娘都要把锅仔仔细细清扫一遍。

娘说:"锅给咱煮了一年的饭,过年了,也该换个新面孔。"

大铁锅被李登海和娘小心地倒扣在天井中央。娘先用扫帚把锅底的浮灰扫掉,然后拿来锅铲,小心地铲着锅底厚厚的灰垢。娘说,锅底结的垢太厚,费柴草。

一片片坚硬的灰垢被娘铲下，在锅周围铺了厚厚的一层。

铲锅垢是个技术活儿，要使巧劲，用蛮力可不成。灰垢很硬，用力小了铲不下来，用力大了又会铲坏锅。铁锅可是家里的大物件，万一下手重捅坏了，这个年可就不好过了。

李登海铲不成锅垢，就跑去扫屋。他找来一根长长的杆子，把扫帚绑在杆子的顶端。先扫北屋，房梁上、墙壁上，积了整整一年的灰被他扫得四散飞扬。屋角的蜘蛛网被灰坠得中间沉下来，网上的蜘蛛早已不知去向。

把落在地上的灰尘扫起，倒进猪圈，李登海又举着扫帚跑进了灶屋。多年的烟熏火燎，让小小的灶屋变得黑漆漆的。苇箔①铺成的屋顶，垂下几缕苇叶，它们也被烟熏得油黑光亮，像刷了一层漆。房檩、墙壁也都黑得仿佛能冒出油来。

李登海扫了墙壁，把房顶上垂着的苇叶扫下来，又把落在灶台上的灰土抹净。

---

① 苇箔：以芦苇为原料编成的帘子，可用来当屋顶、门帘等。

娘招呼李登海去抬锅。

李登海跑到院子里。娘看着脸上沾满黑灰的李登海，乐起来："看看，看看，小花猫一样。"

李登海抬起袖子把脸一抹，咧嘴笑了。

娘铲过的锅可真干净，比刚抬出来时轻了很多。两人一起安好锅，李登海去和泥。娘用手指蘸着泥巴，把锅沿抹得严实又平整，边抹还边念叨："抹不好，漏烟呢。"

做完饭，娘说："省了大半的功夫，更省了大半的柴呢！"

离年关越来越近了，家里为数不多的粮食被李登海和娘磨成了面子①。腊月二十八，娘蒸了一锅掺着玉米面、地瓜面和小米面的馍。麦子金贵，即使是过年，也没有纯白面做的馍。

娘揉面，李登海烧火。摆在盖帘上的馍醒好，锅盖四周也冒起了热气，可以上蒸笼了。馍的香味裹着柴火气直往鼻子里钻，李登海忍不住深吸一口气，把灶里的火烧得更旺了。火舌翻卷着，一下下

---

① 面子：山东方言，指面粉的意思。

舔着灶门。李登海的脸被照得通红。

"敞开吃。吃完这顿，馍要留到年三十晌午再吃。"娘不停地扇开扑面而来的热气，吹着被馍烫红的手，动作飞快地捡着馍。眨眼间，盖帘上就整整齐齐地摆满了馍馍。

当天晚上，娘在煤油灯下剪着窗花。

第二天一大早，李登海清理干净木格窗棂上的旧窗花，把用饭勺熬好的面糊均匀地涂抹在新窗花上。双龙双凤、狮子滚绣球，娘的手真巧。

贴上新窗花，满满的年味与喜庆气氛扑面而来。

李登海平时的衣服都是哥哥姐姐穿剩下的。过年了，娘要给他做条新裤子。娘从集市上买来染料，和手织的白粗布放进锅里一起煮。不一会儿，白布变成了蓝布。娘比照着李登海的棉裤，裁剪缝制了一条套在棉裤外的单裤。

没有多余的布做新褂子，娘就找出一件背上破了洞的上衣，把前襟剪下来，做成衬领和衬袖，缝在李登海的棉袄上。娘把剩下的碎布用针线拼起来，给自己做了个衬领。

夜里，娘坐在炕上一针一线地缝。李登海躺在被窝里，不时看一眼煤油灯下飞针走线的娘。看着看着，李登海的眼皮打起架来。娘什么时候睡下的，他不知道。

刚进腊月门时，娘就嘱咐李登海，说话做事都要小心。

拿碗盆要小心，摔坏了不吉利。万一真摔了，赶紧念三遍"碎碎（岁岁）平安"。

不能说"没有"，要说"有"，来年才能有吃有穿。

饺子煮破了，不能说"破"，要说"挣"，来年才能挣大钱。

刚开始，李登海还应着，可娘说得多了，李登海心里难免有点不耐烦："娘，你这都是旧规矩。"

"规矩旧，理不旧。"娘一边把新的一分硬币包在饺子里，一边念叨，"大年初一，早上第一口吃到钱的人，一年就有福咯。"

"哪有这么巧的事？"李登海不信，"要是两个钱都被娘吃到了呢？"

娘笑起来："一人有福，拖带满屋。"

李登海烧着火,突然,一个念头冒上来,他歪头看着娘,问:"娘,咱家的亲戚里有坏人不?"

娘愣了一下,说:"没有啊,都是老实的好人。"

李登海调皮地大笑起来:"娘,你说了'没有'!"

"啊?"娘回过神来,跟李登海一起哈哈大笑起来。

明天穿上娘缝的新衣服,吃过饺子,就去给长辈们拜年。李登海躺在炕上,看着娘不停忙碌的身影,脑海中闪现以往拜年的情景。

在铺着红高粱穗和金黄麦穗的方桌前,李登海恭恭敬敬地给长辈们磕头。长辈们把一毛或五分的压岁钱塞进李登海手里,再塞一把花生或大枣到他口袋中。

不知不觉,李登海睡着了,梦中都是花生的香和大枣的甜。

自留地里种地瓜

地瓜秧苗是娘从集市上背回来的,用长茅草捆着,一把把散放在地垄上。

地垄是娘从生产队下工后,用几个中午和傍晚挖出来的。

遇上干旱的年份,栽种地瓜可是个苦活计。要先在挖好的地垄上刨出一个个小窝,再挑来水,把窝"喂"饱了,才能下秧苗。秧苗周围的土浇不透,地瓜苗一个上午就被烤干了。

对整日在田里劳作的人来说,担水本不是最累的活计,可不停歇地往返田里和河边,是个连整劳力^①都发怵的事。

刚下过一场透地雨，墒情^②正好，省下了担水给地瓜秧"喂窝"的功夫。

李登海拿镬头^③在地垄上刨窝，娘把秧苗放进窝里，双手扒拉起周围的土，把秧苗培住，一棵地瓜苗就种好了。

娘说："老天爷真照顾咱庄稼人，看看，知道咱要栽地瓜了，就下了这么场透地雨，省下咱多少功夫啊！"

娘总是如此乐观，即使大旱大涝的时候，都不曾抱怨。

地瓜秧刚刚返苗^④，就遇到大旱，大地干得裂开一条条大口子。为了保住秧苗，李登海和娘天天担着水桶去王河里挑水。一瓢水倒在秧苗上，瞬间蒸发，只留下周围一圈湿印子。

---

① 整劳力：农村集体经济时期，能经常参加劳动，年龄在18—50周岁的男子或18—45周岁的女子。
② 墒情：土壤的湿度。
③ 镬头：山东方言，刨土用的一种农具，类似于镐。
④ 返苗：植物移栽后，由于根系受损，需要重新扎根适应，这个生长过程就是返苗。

娘踮着一双小脚，担着水沿堤坡往上走，刚到半坡，脚下一滑，连人带桶滚到了河边。娘的手背、手肘和额头都磕破了，鲜红的血湿了衣裳，可她看都没看一眼身上的伤，跌跌撞撞地朝急速滚落的水桶奔去。

水桶在即将落入河中时，被娘及时抓住。桶是从邻居婶子家借的，万一掉河里被冲走，拿什么还给婶子家？

直到把两只水桶并排放在地上，娘才看到自己手上和胳膊上的伤。她转身在草丛里找到几棵青青菜，捋下叶子，在手心揉搓出菜汁，滴在流血的伤口上。血很快止住了。娘像什么事都没发生一样，弯腰拍干净身上的土，把两只水桶重新挂在扁担钩上。

"娘，你坐地上歇一歇。俺能担两个大半桶了，咱的地瓜秧苗早晚能浇完。"看着走路一瘸一拐的娘，李登海很心疼。

"咱的小苗早一刹喝上水，就能早一刹活过来。"娘说着，把扁担钩挂在灌满水的桶上，拾起扁担，一步步朝地瓜田走去。

李登海和娘接连担了好几天水，地里的地瓜秧总算保住了。

地瓜秧分叉了，由种下时的一根苗，慢慢长成两根、三根、五根。直直往上长的地瓜蔓随着长度的增加，渐渐伏在了地上。地瓜蔓一旦伏地，长得更快了。前一天还只有巴掌那么长的地瓜蔓，几天不见，就长得有半条胳膊那么长了。小蛇一样到处爬的地瓜蔓，渐渐把黄色的土地盖住，地里裸露的黄土越来越少。

李登海放学去挖菜或割草，都会路过自家的地瓜田。他每次都会停下脚步，站在地头上看两眼地里的秧苗。

李登海好奇地注视着这些碧绿蓬勃的秧苗。地瓜秧心形的叶片上，晶莹的露珠像透明的豌豆般又圆又亮。微风拂过叶片，露珠在上面微微滚动。地瓜秧尖上刚长出的叶子又小又细，颜色嫩黄。根部的叶片颜色比较深，是像老榆树叶一样的深绿，每一片都有小娃娃的手掌那么大。李登海蹲在地头，伸手轻轻碰一下叶片，一颗圆润的露珠落进他的手心，打了几个滚儿，溜走了。

看地瓜秧的长势，今年应该会有个好收成。

地垄上的土在一点点"变胖"，要开始结地瓜了。等地垄被撑得裂开一道道大口子，地瓜就成熟了。到那时，对着一棵地瓜秧一镢头刨下去，大大小小的地瓜蛋就会滚出来。

李登海盼着这个时候快点到来。

接连下过几场雨，地里的野草疯了一样长起来，短短几天，就长到了李登海的膝盖那么高。站在地头上看过去，到处都是随风摇头晃脑的野草，哪里还有地瓜秧的影子？小雨仍在淅淅沥沥地下，好像永远都不会停歇。

"再不拔，野草就要把地瓜秧吃掉了。"娘抬头看看天，满脸的忧愁。

田地早被雨水泡浆[①]，人根本无法下地。

街上到处流淌着没过小腿的积水。孩子们淋着雨在水里跑，玩得忘了回家吃饭。

在大人们的忧愁、期盼与孩子们的恣意玩耍中，天终于晴了。

---

① 泡浆：田里的土因雨水过多，变成了泥浆状。

娘踩着满地的稀泥,每天都到地里去,看地还浆不浆、陷不陷。等地里刚刚能站得住人,娘就下了田。

野草长在地瓜田中,却更像生在娘的心里,让娘吃不下睡不着。这片地瓜田,可是李登海和娘大半年的口粮呢!

胶皮窝窝头

　　李登海背了柴筐，拿了镰刀，和娘一起到地瓜田里拔野草。拔来的野草背回家，晒干后可以卖给队里的养牛场。养牛场只收蔓草、苇草、莠草这些好草。像蒺藜、苘麻这种养牛场不要的草，娘把它们晒干收起来，留作烧饭的柴火。

　　地瓜田里的草五花八门。遇见蔓草还好，顺着藤蔓拽下来就行。碰到长得又高又壮，根还扎得深的墩草，任李登海使出全身的力气都难拔出来。李登海憋红了脸，咬牙把草拔出来，自己却摔了个大大的屁股蹲儿。李登海的脸上、身上，到处是泥，双手磨出好几个大水疱，可看到瘦小的娘弓着腰一刻不停地往前挪，李登海想歇歇的念头就跑远了。

地里的野草终于被李登海和娘拔干净。在野草的欺负下,忍气吞声这么久的地瓜秧苗们在阳光下伸展着枝叶。

几天不见,地瓜蔓在野草的疯狂侵略下,变得瘦了、小了。以往绿毡子一样的地瓜田,露出星星点点的黄土。

几场细雨、几阵微风过后,田里的地瓜秧苗从嫩黄变得翠绿,长长的藤蔓把裸露的土地重新盖得严严实实。

李登海拉起一条地瓜蔓,看到下面又冒出一层细密的野草。

"娘,你看,又长出这么多草了。"

"没事。以往是草想吃掉苗,这回,苗长起来,草没大势了,疯不了。"娘拉起一条地瓜蔓看了看,又说,"这种田啊,就看是草吃了苗,还是苗吃了草。咱的苗壮了,就不怕了。"

又一场雨过后,娘从生产队下了工,去地瓜田里翻蔓子。李登海放了学,也跑到田里帮忙。

雨后的田里潮湿,地瓜蔓的叶芽下长出一条条白白的细根。慢慢地,根会扎到地里。只有把这些新扎在地里的细根扯断,枝叶上的营养才能供到地瓜上。如不及时翻蔓子,营养供不到主根上,地瓜可长不大。

翻地瓜蔓掉下的断枝叶,娘一片不少地带回家。将叶子清洗干净,揉上玉米面蒸好,再蘸上蒜泥,美味的地瓜叶糠糠就做好了。对李登海来说,地瓜叶糠糠简直是少有的美食,他最喜欢了。

在李登海和娘的精心打理下,地瓜大丰收。

看着一窝窝地瓜蛋,娘和李登海的脸上都乐开了花。娘用耙子把刚刨过的地搂平整,借着月光开始削地瓜片。李登海提着篮子,把地瓜片均匀地撒在地里。他们忙到后半夜,白花花的地瓜片铺了满满一地。

晒地瓜干最怕的是遇上下雨。

第一天是个大晴天,娘和李登海趁着中午阳光好,把地瓜干翻了一遍。再有两个晴天,晒在地里的地瓜干就可以装袋收进家了。

第二天半夜,突然刮起大风。娘慌忙爬起来,喊上李登海就往地里跑。

风越刮越大,小雨滴滴答答地落下来。

李登海拖着耙子在地里来回跑，把地瓜干搂成堆。娘一只手拉着麻袋，另一只手拼命往口袋里扒拉地瓜干。一阵狂风过后，铜钱大的雨点密密地砸下来。李登海和娘不顾一切地抢收，可大部分地瓜干还是淋了雨。

李登海和娘费力地把麻袋装到推车上，李登海在后边推，娘在前边拉。田间小路窄，雨后的道路泥泞湿滑，加上狂风暴雨挡了视线，一不留神，独轮车一偏，翻进了路边的水沟。李登海和娘又是抬又是扛，折腾了半天，总算把麻袋重新装上车。

回到家，娘儿俩都变成了泥人。

接连两天的阴天，没晒干水分的地瓜干在慢慢变黑。娘把炕上的被褥拿下来，把晾在地上的地瓜干挪到土炕上，在炕洞里点上火。

太阳终于露出脸来。连日的降雨，地里湿得连人都进不去，更别说晒地瓜干了。

娘自有办法。一早，娘就踩着梯子上了屋顶。李登海把地瓜干装进筐，再把娘从屋顶垂下的绳子系在筐提手上。娘儿俩把一筐筐地瓜干提到屋顶上。

接连几个大晴天。李登海家的地瓜干虽长了些霉点，却一片都没烂，全被收进了囤里。

随着秋收季节的到来，田里的玉米、高粱都陆续入了囤。相比春夏时没有存粮的时光，如今半饥半饱的日子，让大家感到从未有过的满足。

娘蒸的窝头、饼子里，已经能掺上差不多一半的地瓜面、高粱面或玉米面了。

"娘，你看，饼子不碎了。"李登海为了让娘看，故意做出用力的样子，把地瓜面野菜饼子掰下一块。

娘被李登海逗笑了："掺了地瓜面，饼子不用再捧着吃。"

以往娘做的饼子以野菜为主，里边没几粒粮食，稍不注意就碎开，掉在地上。李登海吃的时候，只好把饼子捧在手里。

用地瓜面做的窝头油黑发亮，比高粱面窝头和玉米面窝头有弹性，被戏称为"胶皮窝窝头"。虽然自家的地瓜干有点发霉，蒸出的窝头带点苦味，可李登海和娘总算暂时告别了吃糠咽菜的日子。

从栽下地瓜秧到长出一个个地瓜，再到切片晒干后磨成粉,李登海和娘就像照顾婴儿一样,付出了数不尽的心血和汗水。尽管跟李登海一起玩耍的小伙伴大多不喜欢吃地瓜面窝头,可李登海觉得,这些带苦味的地瓜面很亲切。

能有掺了地瓜面的窝头吃,真好!

窝棚搭在地头上

收完麦子，不待喘口气，紧张的抢种就开始了。

白天，娘要去生产队上工，挣工分。工分不够，分到的粮食就少，娘可不敢误工。傍晚，从生产队下了工，娘就急忙往自留地赶。娘常说，人误地一时，地误人一年，种地的营生可万万误不得。

为了省下往家来回跑的时间，很多人家都在地里搭了窝棚。男人在地里干活儿，女人回家做好饭送到地头。三两天的工夫，田间地头冒出了一片窝棚，远远望去，就像雨后林子里长出的一朵朵小蘑菇。

李登海和娘合计了一下，决定也搭一个简易的小窝棚。娘儿俩一起，把秫秸和树枝扛到自留地的地头上。李登海刨坑，把粗一点儿的树枝斜着埋进地里做桩子，搭起一个两面坡的尖顶。娘把细一点儿的树枝和秫秸搭在两边，让两面斜着的"墙"不透风。

李登海推上独轮车，从家里运来一捆麦秸。麦秸暄软，还能隔潮，把它们均匀地铺在窝棚的地上再好不过。

娘儿俩忙了两个中午，一个简易的小窝棚终于搭好了。李登海猫着腰钻进去，想躺在麦秸上打个滚儿，一翻身，胳膊和腿就碰到了"墙"。尽管窝棚有点小，可中午吃饭时可以挡点阳光，晚上睡觉时能挡些风，李登海觉得挺好。

窝棚里放着各种农具。娘从生产队下了工，放下给生产队干活儿的农具，拾起自家窝棚里的农具，一刻不停地忙起来。

每天放学钟声一响，李登海总是第一个跑出教室。他不能像别的孩子那样在外边玩，等家里人喊吃饭了才回家。他要赶紧回家做饭，做好送到地里给娘吃。

娘个子矮小，又缠过小脚，可干起农活儿来却一点儿不含糊。村里男人能干的活儿，娘都能干。

自留地里种的是夏玉米，接连多天的干旱，导致墒情不好，无法直接点种。夏玉米的生长期本来就短，如果等墒情好了再种，肯定来不及。

李登海和娘一锨一锨地翻地，然后用铁耙子把土坷垃①砸碎，顺带把地铺平整。

娘用镢头在地里刨出一行行土坑，那是一粒粒玉米种子的新家。

娘放下镢头，担起桶，去半里地外的王河挑水。桶里的水被一瓢一瓢地舀到一个个土坑里。剩下小半桶水时，娘直接把水舀子丢到地上，拎起桶，边走边一个坑一个坑地往里倒水。待水渗透，娘把玉米粒扔进坑里，用脚将土带过来，把坑抹平。

别人家一天能干完的活儿，娘一个人紧赶慢赶，要三天才能干完。

李登海给娘送饭来了。娘拍拍手上的土，她一

---

① 土坷垃：山东方言，指硬土块。

手拿起饼子，一手端起水碗，往地头的田埂上一坐，一眨眼的工夫，手上的饼子吃进了肚子，碗里的水也下去了大半。李登海心里有说不出的滋味，他只盼自己能快点长大，替娘分担一点儿，让娘歇歇。

娘吃饭的时候，李登海就帮娘干一会儿活儿。挑不动两桶水，他就挑两个半桶。李登海个子不高，水桶总是碰到地上，他就把钩绳挽在扁担上，歪歪扭扭一步三晃，到了地头上，两半桶水洒得只剩下半桶。

等娘吃完饭，李登海拿起碗筷飞奔回家。每次做好饭后，他生怕饭凉了，顾不上吃就赶紧给娘送去。回家后，李登海要吃饭，还要喂猪。等忙完这些，也差不多到了上学的时间，他再跑着去学校。

娘白天要去生产队干活儿，只有晚上有时间。借着朦胧的月光，有时娘挑水，李登海刨坑。有时李登海浇水，娘点种。

忙了一整天的娘儿俩，累得实在干不动了，才回到窝棚。李登海和衣躺在麦秸上，脑袋刚挨着地，就进入了甜甜的梦乡。

家里的、坡里的，生产队里的、自留地里的，娘没有一刻能闲着。

"娘，你太苦了！"看着风里雨里不停忙着的娘，李登海心疼地说。

娘对李登海笑了笑："日子就是这样，各家有各家的难。"

"咱家比别人家更难呀。"李登海说。

"人活着就是这样，不受点苦，也不是啥好事。"

娘的话，李登海不理解。哪有人甘愿受苦？受苦还能是什么好事？

接连忙了几天，地里的玉米终于种完了。中午送完饭，娘嘱咐李登海，晚上不用来了。

下午放学后，李登海照样飞奔回家，他要快点把饭做出来。等娘从地里忙完回来，就能吃上一口热饭。这些天，娘一直没空回家，她都好几天没喝粥了，水喝得也少，嘴唇上干得起了一层皮。

回去的路上，李登海在心里盘算好，晚上他要熬一锅娘爱喝的玉米面粥，让娘多喝上几碗。

辣椒饼子豆面饭①

李登海把柴草抱进灶间,刷锅,添水,他干这活儿轻车熟路。

锅里的水开了,李登海拿起一只大碗,去北屋舀玉米面。娘儿俩平时吃的粮食都放在北屋的东北角。

李登海学着娘平时做饭的样子,用碗舀了半碗面子,再跑到院里的水缸前,舀一勺水倒进碗中。他边往灶间走,边搅动碗中加了水的面子,待走到灶台前,碗里的面子已和水融在一起。

把碗放在灶台上,李登海弯腰往灶里添一把柴

---

① 豆面饭:山东方言,指豆面粥。

草。灶里的火苗翻卷在灶口旁,锅里的水咕嘟咕嘟地冒起大大小小的泡泡。李登海边搅着碗中的面糊,边往锅里倒。面糊只剩下个底,李登海学着娘的样子,从锅中舀一勺水倒进碗中。他转动手里的碗,让水在碗壁上转了一圈,粘在碗上的糊糊被水涮了下来。李登海重新舀起一勺水,倒进碗中,把碗又涮了一遍。每一粒粮食都是娘汗珠子摔八瓣,起早贪黑种出来的,李登海可舍不得浪费一丁点儿。

直到碗变得像刚洗过一样干净,李登海才重新蹲在灶前,把灶膛里的柴抽出一些。娘说,开锅后要用小火,这样省柴草,煮出的粥也格外香。看煮得差不多了,李登海把灶里没烧尽的柴一一抽出来,在脚前的土里踩灭。

李登海拿起勺子在锅里搅了搅,舀起一勺粥,慢慢往锅里倒,从粥的流速,来判断稀还是稠。

有些不对劲,刚才放了不少面子呀,锅里的粥怎么还这么稀呢?

是不是水放多了?李登海心想。他拿起碗,又去舀面子。再放一次,粥自然就稠了。

李登海跑向北屋，重新舀了一勺面子。可让他没想到的是，放了第二次面子后，煮出来的粥还是稀，跟娘以往煮的粥有很大差别。李登海的犟脾气上来了，娘辛苦这么多天，今晚这顿饭一定要做好，他又往锅里放了一次面子。

李登海接连往锅里放了三次面子，可锅里的粥依然不像娘做的那样黏稠。

娘拖着疲惫的身子从地里回来了。李登海有些无奈又有些委屈地问："娘，粥没熬好。我熬的粥，咋就不稠呢？"

娘舀起一勺粥，借着月光看了看，又放到鼻子前闻了闻，笑了："这哪是玉米面啊，这不是豆面子吗？"

李登海愣了一下，立马明白过来。屋里黑，他舀面子的时候又没点灯，错把豆面子当成了玉米面。

豆面子比玉米面可金贵多了。只有在逢年过节做窝头时，娘才偶尔掺一点点，让窝头松软些，平时不舍得吃。自己这回舀的豆面子，娘蒸好几次窝头，也不舍得用这么多呀！

娘没有责怪李登海，笑着说："豆面子就豆面子吧，没让粥沸满锅台，也算你能耐。"

李登海想起当地流传的一句俗语"豆面子煮粥，沸得盖不上锅"，意思是说，豆面子煮粥特别容易沸锅，也常用来形容某个人说话做事不着调。

李登海不好意思地摸摸脑袋，笑了。刚才把面子倒锅里后，他怕掌握不好火候，就没有像娘那样把锅盖盖上。幸亏没盖上锅盖，要不，粥真要沸满锅台了。

娘把带回的一把槐树叶子洗净、剁碎，和上玉米面、地瓜面，做了一锅贴饼子。

刚出锅的饼子，香味飘满小院。借着月光，李登海和娘坐在院子里吃晚饭。

李登海咬一口饼子，突然哎呀叫了一声："娘，饼子咋是辣的呀？"

"咋会辣？槐树叶不该辣呀。"娘有些纳闷地看了一眼李登海，见他不像说着玩的样子。娘拿起饼子，咬了一口，忍不住笑起来："瞧我这记性！看时候不早，光忙着烀饼子了。"

原来，娘从坡里回来的路上，正好遇到从菜园子里回来的秀兰娘。秀兰娘送给娘几个辣椒,娘忙着回家,就把辣椒顺手搁在了槐树叶里。刚才做饼子时没点灯,娘把辣椒也一起剁在了槐树叶里。

"辣椒饼子豆面饭,好吃!"娘冲李登海举举手里的饼子和粥碗,乐呵呵地说。

李登海学着娘的样子,吃一口饼子,喝一口粥,也冲娘举了一下手里的饼子和粥碗,朗声回应道:"辣椒饼子豆面饭,好吃!"

万真是个好孩子

麦收刚结束,大雨就日夜不停地下起来。街上成了河,浑黄的水中飘着树叶、柴草等杂物,空气中弥漫着腥咸的气味。

屋子漏得越来越厉害,家里的盆盆罐罐都被李登海和娘拿来接水。娘把铺盖卷起来,放在一个临时不漏雨的角落里。

李登海在炕下放了一只水桶,等盆罐满了,他就把水倒进水桶里。水桶满了,李登海就赤脚从炕上跳下去,把水倒进院子里。

从街上涌进院子里的水漫过门槛,淌进屋里。鞋子、蒲团等物件都漂起来,随着水流,在屋里来回地转。那个装水的桶,早漂到了桌下。

屋里的水已没过小腿，院子里的水就更深了。炕上的盆罐满了，李登海和娘就直接把水倒在炕下。

教室漏雨严重，学校已停课多日。

比李登海小一些的孩子，呼啦呼啦地蹚着街上的水，比赛看谁在水里跑得快，完全不管会不会弄湿衣服。他们从高处找来碎瓦片，看谁的水漂打得远，谁的水漂打出的水花多。偶尔会有一个破盆或半截树枝从眼前的水中漂过，正在玩水的孩子们就追着跑，看谁先抢到。先抓到的那个人就像捡到了宝贝，兴奋地大喊大叫。待别的孩子蹚着水追过来，那东西早被抢到的孩子高举过头顶，用力扔向远处。新一轮的争抢重新开始。

村里的大人们忧愁地望着天空，期盼雨能早一点儿停。他们站在街上朝田野望去，目光所及之处，一片汪洋。

趁着雨水暂停的间隙，李登海蹚着没过膝的水，来到街上。

这个季节的田野，本应多姿多彩——

矮棵的地瓜、花生、棉花和青菜，高秆的玉

米、高粱等，一方方，一片片，错落有致。

嫩绿、淡绿、油绿、墨绿……大地像一块绿色的调色盘，红的、黄的、粉的、紫的、白的花朵，星星点点地冒出来，它们或骄傲地昂着头，或略显羞怯地把脸躲在叶片后边，或调皮地与蝴蝶蜜蜂们捉迷藏。

而今年，从麦收后就暴雨不断，田里浑黄的雨水，已经没过了小腿肚。

小麦早熟的地块，种下的玉米和高粱刚冒出头，就被大雨闷在了地里。李登海心里说不出什么滋味。小小年纪的他，已经知道了愁。

大多数的地还没来得及播种，大水就把它们淹了，地势稍高一点儿的田地也逃不开。农人们知道，即使冒雨种下点什么，种子在淤泥中无法呼吸，最终也只能烂掉。

整个夏季到秋季，地里除了水还是水，只是水的深浅不同罢了。

秋种时间到了，积蓄了太多雨水的土地既不能用牲口耕作，也无法用人力深翻。用力在地上踩几下，看似干了一层皮的地面，立马就汪出水来。

整整一季,田里连一根柴草都没有,更不用说粮食了。上一年存下的粮食,勉强撑到今年秋收,可这个秋天却颗粒无收。秋季再不种,来年靠什么活?

不知谁发明了一种农具,把一个小钩子绑在棍子上。把钩子插进地里,前边的人拉着往前走,后边的人就把麦种一颗颗撒进犁出的沟里。

李登海拉着这种特制的"犁"往前走,娘在后面撒麦种。他家自留地里的麦子,全靠这种农具种进了地里。

种子种下了,离收成还很远,饥饿是那一年最深刻的记忆。娘对李登海说:"炕上躺着,就不大饿了。"

可躺着哪里管用?李登海从炕上爬起来,摇摇晃晃地到处找吃的。

李登海慢慢走到村南,那里有几棵枣树,树皮早被剥净用来当柴烧。李登海跪坐在地上,捡拾着树上落下的小枣子。豆粒大的枣子已被晒干,放进嘴里用力嚼,竟有大枣的香甜。他边拣边往嘴巴里塞,那些小小的枣子,竟如此美味。地上的小枣子越来越少，李登海舍不得再吃，他把捡到的小枣子放进口袋，他要带回家让娘尝尝。

……

月底了，家里只剩下二两饭票。一个窝头四两饭票，二两饭票只能买到半个窝头。李登海拿着半个地瓜面窝头慢慢往家走，这是他和娘的午饭。晚饭能不能找到吃的，还不知道呢。

远远地，李登海看到村里的月生老人蹒跚着走过来。老人出海刚回来，空空的渔网把他的腰压弯了。

与李登海相遇时，老人突然停下脚步，目光直直地看着李登海手中的半个窝头。老人看向窝头的目光像带着两只钩子，他的喉结在不停地蠕动。李登海想也没想，把手中那半个窝头掰开，分了一半递给老人。

月生老人用枯槁的双手接过窝头，一句话没说，眼角却湿润了。他双手捧着那半块窝头，低下头，几口就把窝头吞进了肚子。

老人慢慢往家走，边走边念叨："万救了我一命，万真是个好孩子！"

李登海紧了紧腰带,他要把那半块窝头留给娘。如果娘问起,他就说自己在回来的路上把那半块窝头吃掉了。尽管肚子不停地咕咕叫,但把窝头送给老人,李登海一点儿也不后悔。

饥饿,几乎贯穿李登海的整个少年时期,它犹如一条紧咬不放的毒蛇,无论如何都难以摆脱。

在李登海心中,粮食大于天。这为他后来痴迷于研究高产玉米品种,埋下了深深的伏笔。

印着中国地图的日记本

李登海一两年才能见到爹一次。爹每次回来探亲，都会给家里人带礼物。李登海最喜欢的，是一本绿色塑料封面的日记本。

日记本比语文课本略小一点儿，却有课本那么厚。封面印着一幅大红色的中国地图，红色和绿色搭配在一起，很醒目。李登海对这个日记本爱不释手，别人拿过去看一下，他都要仔细盯着，生怕不小心掉地上弄脏了，更担心被别人摸坏了。

闲暇时，李登海会掏出书包里的日记本，翻看里边印着的一行行淡褐色的横线。他最喜欢的，还是封面上那幅大红色的中国地图。爹和哥哥姐姐生活的哈尔滨在哪个位置，他和娘住的莱州在哪里，他心里一清二楚。轻轻抚摸着日记本封面上的地图，李登海的心飞得很远很远。他第一次真切地意识到，在后邓村和哈尔滨之外，还有那么广阔的世界。

开学第一天，老师发了新课本。同以往一样，李登海要先把语文课本上的课文读一遍。他一页页往后翻着，或默念，或大声朗读。还没到放学时间，李登海已经把整本语文课本通读了一遍。

读到《黄继光》这篇文章时，刚刚还有点漫不经心的李登海，一下集中了注意力。同桌喊李登海去操场上跳沙包，他头都没抬，只摆了摆手，目光始终专注在打开的课本上。

上甘岭战役，597.9高地。黄继光和战友们屡次冲锋都没能攻下敌人的火力点，一个又一个战友倒下了。天亮前，必须占领敌人的阵地，时间非常紧迫。黄继光站起来，坚定地说："参谋长，请把这个任务交给我吧！"

黄继光提上手雷，带领两名战士，朝敌人的火力点爬去。可敌人很快发现了他们。一位战友牺牲，另一位战友身负重伤，黄继光的肩膀和腿也被子弹击中，血流如注。在距离敌人火力点不到十米时，黄继光艰难地站起身，把手雷接连投向敌人的火力点。但因为火力点太大，只炸毁了半边。面对敌人猖狂地喷着火舌的枪口，黄继光勇敢地挺起胸膛，张开双臂，用自己的胸口堵住了敌人的枪眼。

黄继光，这位年仅二十一岁的年轻战士，英勇牺牲在了朝鲜战场。

李登海读到这里，鼻子一阵酸涩，泪水忍不住夺眶而出。英雄黄继光的故事，在少年李登海心中掀起层层巨浪。读完一遍，李登海翻回来又读了一遍。这篇课文，李登海连续读了三遍，心中的波澜一阵阵翻涌上来，变成了止不住的泪水。

李登海拿出自己珍爱的日记本，翻到第一页，郑重地写下一行字：

做一个黄继光那样的人，为祖国、为人民贡献自己的一切！

这一年，李登海十二岁。

从此之后，只要在书上或报纸上看到名人名

山东省小学课本
语文
在科学上没有平
坦的大道，只有不畏
劳苦沿着陡峭山路攀
登的人，才有希望达
到光辉的顶点。
——马克思

言，李登海就认真地抄写在那本心爱的日记本上。每天晚上临睡前，李登海都从书包里拿出日记本，捧在手上端详一会儿。与从前不同的是，李登海不再只看封面上那幅大红色的中国地图，每天，他都把抄写在日记本上的话认真读一遍。

日记本上的名人名言越来越多，这些格言警句滋养着少年李登海的心灵，为李登海树立正确的世界观、人生观和价值观，奠定了深厚而坚实的思想基础。它们时时鼓舞和激励着李登海，给予他力量，让他拥有百折不挠的毅力，朝着心中的目标勇往直前。

这本日记本一直陪伴着李登海，伴随他度过了自己的青少年时期。后来，即使这本日记本不幸遗失，抄写和朗读名人名言的习惯，也始终陪伴着李登海，直到如今。

十八岁的"老头儿"坐在河边

暑假,在哈尔滨外国语学院读书的姐姐回来了,参加工作的大哥也从大连赶回家探亲,家里一下子热闹起来。

李登海有时间就缠着哥哥姐姐聊天,听他们讲故事,讲外边的世界。从哥哥姐姐的嘴里,他听到很多以前连想都不敢想的新奇事。他们聊人类第一颗人造卫星"斯普特尼克一号",聊它的发射,聊它的运行。

"世界上第一艘宇宙飞船还载了人呢!"哥哥说。

载人飞船什么样?什么样的人能待在飞船里呢?那么重的大家伙飞在天上,不会掉下来吗?李登海的脑子里有很多个问号。

"你们知道世界上第一个进入太空的人是哪国

人，叫什么名字？"哥哥问。

"这谁不知道？苏联的'为奇'呀。"姐姐调皮地笑着回答。

"为奇"在方言里指"新奇的""可以炫耀的"意思。

竟有人会叫这名字。李登海看看哥哥，又看看姐姐。

"不能偷懒，说全称。"哥哥说。

"一九六一年四月十二日，苏联宇航员尤里·阿列克谢耶维奇·加加林，乘坐第一艘载人飞船'东方一号'进入太空，绕地球一周。他是世界上第一个进入太空的人，也是第一个看到地球全貌的人。"姐姐唱歌一样自如地回答，就像在讲她身边的一位好友一样。

世界上真有人坐着那个叫飞船的东西，绕地球转了一圈吗？从哥哥姐姐的对话中，李登海看到了另一个完全不一样的世界。那个世界太新奇，对从未离开过家乡的李登海来说，充满着诱惑。

李登海和哥哥姐姐在河边玩，他们比赛打水漂，哥哥总是第一。哥哥打出的水花一串串连在一起，能在河面上飞出好远。

姐姐手巧，玩"挑绳翻花"，任哪个伙伴也赢不了她，姐姐总能翻出很多别人没见过的新花样。可姐姐打水漂不行，抛出去的瓦片常常连一个水花也没有，就咕咚一声沉进河底。

姐姐有点不服气。哥哥再打水漂的时候，姐姐就开始捣乱。她时而突然从背后跳到哥哥前面，吓哥哥一跳；时而在哥哥要抛出瓦片的瞬间，大叫一声，分散哥哥的注意力。可哥哥打出的水花依然一个连一个，接连十几个。

哥哥见姐姐一直捣乱，于是不玩打水漂，开始站在河边唱歌。哥哥的嗓子好，会唱很多歌。

"九九那个艳阳天来哟……"

李登海还没来得及细听。

"看，好漂亮的蜻蜓呀！"

姐姐的惊呼声吸引了李登海的注意力。那只蜻蜓颤动着红翅膀，悬停在空中，果然漂亮。李登海追过去，想趁蜻蜓落下时悄悄把它抓住，送给姐姐。

"哥，刚才那歌真好听。你再唱一遍。"李登海抓完蜻蜓才想起哥哥唱歌的事。

"谁让你刚才不好好听，到处跑着捉蜻蜓呢！"

哥哥故意逗李登海。

"姐给你唱。"姐姐说完，悦耳的声音响起，"九九那个艳阳天来哟，十八岁的'老头儿'呀坐在河边，东风呀吹得那个风车转哪，蚕豆花儿香呀，麦苗儿鲜……"

与哥哥姐姐在一起的日子，李登海感受到从未有过的欢乐，即使偶尔拌嘴，吵完，转头就抛到了脑后。

娘带着他们三人到地瓜田里拔草。刚走到地头，哥哥望着眼前伸向远方的绿油油的田野，又唱起了歌。

"九九那个艳阳天来哟，十八岁的哥哥呀坐在河边……"

哥哥唱得真好听，可就是把歌词唱错了。没等哥哥唱完，李登海连忙大声纠正："哥，你唱错了，唱错了，是十八岁的'老头儿'坐在河边。"

哥哥和姐姐看了看李登海，相视大笑起来。

李登海被笑得有点蒙。

那天姐姐唱歌的时候，李登海可把歌词记得清清楚楚。哥哥就是唱错了呀，他们为什么这么笑？

"小傻瓜,你见过十八岁的'老头儿'?"哥哥快速收起笑容,假装严肃地问。

"十八岁的'老头儿'你坐在河边。"姐姐轻指一下哥哥的后背,边唱边跑到娘的身后藏了起来。姐姐怕被哥哥抓到,罚背单词。

难道不是"十八岁的'老头儿'",而是像哥哥唱的那样,是"十八岁的哥哥"?整个下午,李登海心里闷闷的,不怎么说话,草拔得也不快,总是落在大家后边。

回家的路上,姐姐又唱起那首歌。唱到第二句时,姐姐用镰刀柄调皮地捅了捅李登海的胳膊,唱道:"十八岁的'老头儿'坐在河边。"

李登海低着头不说话,也没看姐姐,自顾自地往前走。

姐姐见李登海不理她,又唱了一遍:"十八岁的'老头儿'坐在河边。"

李登海没想到,走在前边的哥哥转过头,也唱了一句:"十八岁的'老头儿'坐在河边。"唱完,还大声笑起来。

李登海忍不住了,眼泪吧嗒吧嗒滚下来。

"万，这么不识闹？"姐姐纳闷地看着李登海。

李登海还是不作声，头埋得低低的，泪水落在脚下的泥地上。

姐姐意识到自己的玩笑伤了李登海，忙跑过来搂住李登海的肩，伸手替他抹去脸上的泪。

姐姐给李登海讲起了电影《柳堡的故事》。原来《九九艳阳天》是这部电影的插曲。姐姐又给李登海唱了一遍那首歌，这回，姐姐唱的是"十八岁的哥哥呀坐在河边"。

晚上，李登海第一次躺在床上却毫无睡意。

以前从未想过的事，一下涌进了李登海的脑海。以往，村里人都夸李登海知道得多，会做的农活儿多。原来，他熟知的只有后邓村。仔细想想，后邓村的很多东西，他也并不真正了解。在后邓村的外面，还有太多未知的事物，李登海多想像哥哥姐姐那样走出去，看看外面的世界。

姐姐临走前对李登海说："万，多读书。没去过的地方，不知道的事情，想不明白的问题，书上会有答案。"

姐姐的话，李登海一直存在心里，牢牢记着。

学习的好榜样

六年级的李登海就要小学毕业了。放假前,李登海要和同学们一起参加小学升初中的考试。

在小伙伴心中,小学升初中的考试跟平时的考试没什么不同,没有哪个人因为这次考试而感到紧张。放了学,大家该在街上玩的照样玩,该去坡里帮大人干活儿的继续去,一如往常。

六年级要学习的科目共五门:数学、语文、地理、历史和政治。平时的期末考试一般只考数学和语文,升学考试与平时的考试还是有点区别,五门功课全部要考。后邓小学没有那么多老师,五门功课常常由同一位老师来授课。

试卷是老师在蜡纸上一笔一画刻出来,再用油墨印刷机亲手印出来的。因为纯手工制作，油墨难免深浅不一，字迹模糊。发试卷的时候，老师会提前告诉同学们，遇到不清楚的地方，可以举手问。

李登海喜欢这种油墨印的试卷，不只是好闻，还能想先做哪道题就做哪道。

以往考试，都是老师把试题写在黑板上。遇到写字慢的老师，学生做完一道题，还要等老师把下道题写完才能开始做。

油墨印的试卷就不一样了。李登海拿到试卷后，从前到后溜一眼，先从喜欢做的题上下笔。到了最后，看哪道题下面的位置还空着，就再写哪道。

考试的地方是自己平时上课的教室，监考的也是自己的任课老师，可毕竟是考试，不能随便跟同学说话，不能随意走动，更不能提前交卷。老师发试卷的时候说过，最早可以交卷的时间是考试结束前十分钟。

还剩十分钟是什么时候，李登海不知道。整个后邓小学，就校长办公室有一块钟，还是打上课钟用的。

第一天考数学，李登海早早就把试卷做完了。检查过一遍后，实在太无聊，他又把试卷从头到尾再检查了一遍，没发现什么问题。这时，一个主意突然从李登海的脑海中冒出来，他很兴奋，终于找到可以做的事了。

李登海从书包里拿出一个用完的本子，从反面打开，用铅笔一笔一画地抄起试卷来。抄到最后一题的时候，悬挂在校门口大柳树上的那半截铁簸箕当当当响起来。

考完所有科目，学校就开始放假。

又过了十几天，成绩出来了，李登海拉着几个同学一起去学校看榜。校门口的砖墙上贴着一张大红纸。李登海一眼就看到了自己的名字，他考上了掖县八中。

令李登海意外的是，这次升学考试，他的语文成绩最好，考了九十八分，数学得了九十三分，地理、历史和政治都是八十多分。以往，他的数学成绩都比语文成绩高出一大截。语文能考出九十八分的高分，实在不多见。李登海想了想，觉得应该是作文得了高分。

学习的好榜样

作文题目是《我学习的好榜样》，李登海写了雷锋。

考试前两天，李登海在老师办公室的一张报纸上，看到了雷锋的感人事迹。原本，他只是随手拿起来看一眼，可雷锋助人为乐的奉献精神深深感动了李登海，他一口气把那篇文章读完了。

考上初中是意料之中的事，李登海把大红纸上的名字从头到尾看了一遍，随后跟同学到王河岸边的场院去打尜①。考上初中的事，他竟忘了及时告诉娘，直到离开学不到十天时间，李登海才想起要离家去读初中的事。

娘脸上很平静，她没有责怪李登海，就像每年暑假后，李登海要升入新的年级一样。和往常不同的是，李登海这次要住校，娘需要给他置办在学校吃住的东西。

班主任告诉李登海，掖县八中的学生都住大通铺，就是在一间大屋子里支起一溜木板当床。大家一个挨一个地睡在上面。老师说，每个人除了自带

---

① 打尜（gá）：一种在北方流行的儿童游戏。尜：两头尖中间粗的小木棍。

被褥外,还要带一床宽六十公分[1],长一百九十公分的草垫子。这个草垫子就相当于床垫。

家里没有新布和新棉花,旧被褥也要洗干净,晒暖和。那些天,娘一直忙着拆洗被褥,她从自己盖的被子上揭下一层旧棉花,絮在了李登海的被芯上。

娘开始准备草垫子。煤油灯下,娘搓起了麻绳,搓一会儿,就把脚下弯弯曲曲的绳缠起来。绳团从核桃那么大,变成小皮球一般大,再到过年的饽饽那么大,打草垫子的绳差不多够了。

娘从集市上买来稻草。她先把稻草分成一缕一缕,把土拍打干净,再薄薄地摊在院子里晾着。

李登海量出六十公分的长度,在支起的木架上刻上记号。娘儿俩一起把麻绳分成七等份,每一份的两头都缠在一块小砖头上。这七条麻绳,就是草垫子的"经"。被娘分成一缕缕的稻草,就是草垫子的"纬"。

一块块缠着麻绳的小砖头,在李登海手上不停

---

[1] 公分:长度单位,厘米的旧称。

地上下翻飞。李登海在七根麻绳间来回忙活，动作非常娴熟。娘坐在蒲团上，把稻草一缕缕理好递到他手上。

李登海在只比木架高半个头的时候，就能打草垫子了。娘脚小站不稳，只要李登海在家，草垫子都由他来打，娘则坐在地上帮他捋稻草。

到了九月份，李登海在掖县八中开始了他的初中生活。

学校的生活比在家里时还苦一些，但李登海很快乐。在学习上，他不再像上小学时那样随性而为，对待学习的态度越发认真，肯吃苦。

李登海一直记得他在小学升学考试中写的那篇作文——《我学习的好榜样》，尤其记得作文里的最后一句话："雷锋永远是我学习的好榜样，因为他真正懂得人生的意义。"

李登海长大了！

咱们中国人也能办得到

初中毕业后,李登海跟同龄的绝大多数人一样,回到生他养他的家乡后邓村,成了一个农民。

这一年,李登海只有十七岁。

当时的后邓村是西由公社有名的落后村。遇到风调雨顺的好年景,小麦亩产量也就一百二十多公斤,玉米亩产量不超过一百四十公斤。村干部想改变后邓村一穷二白的面貌,让村民们能吃饱饭,于是组织一批有文化又肯干的年轻人,成立了农业科研队。

村干部看李登海有知识、有文化,爱钻研又踏实,就选他进了村里的农业科研队。李登海和其他队员一起,除正常干农活儿外,还负责小麦、玉米等重要农作物的引种、繁育和制种。

在农业科研队，李登海年龄小，个子也不高，却肯钻研，干劲十足。他的学历在当时的农业科研队里算高的，可他不自满，希望自己能有更大的提升。

那时候，别说在村里，就连整个公社也没有一个像样的图书室，想找本书看非常难。李登海千方百计找书、查资料，如饥似渴地学习各种知识。

白天，他要在生产队和农业科研队干活儿，没时间看书。晚上吃了饭，李登海不像别人一样跑到街上玩，聚在街头的树下聊天，而是躲进自己的小屋，点上煤油灯，认真读着能找到的每一本书。他用白纸订了几个本子，将读到的重要内容一一记下来，方便之后反复查阅。

在一份资料上，李登海看到这样一则信息：美国一农民，创造了玉米亩产量一千二百五十多公斤的纪录。

李登海震惊了，美国农民创造的玉米亩产量纪录，是后邓村玉米亩产量的近十倍！世界上竟有如此高产的玉米种子！他盯着这则信息，反复读了好几遍。

一个念头出现在李登海的脑海里，并深深扎根：美国农民能办到的，咱中国农民也一定能行！

李登海是个执着的人，认准的事，就不会轻易放弃，不管千难万难，他都要一直干到底。

李登海知道，只有先有了理论做基础，实践中才有方向和支撑。理论与实践相结合，才能一步步朝前迈进。

李登海先从自己缺乏的理论知识上下功夫。趁下雨天生产队不出工，他冒雨跑到西由公社，向那里的农业技术员请教。李登海给哥哥姐姐写信，让他们不要给自己寄衣服、鞋子，用省下的钱帮他买关于农业育种方面的书。

书上的理论给了李登海很多启发，他为村里的玉米生产提出了很多实用的建议。后来，李登海被任命为农业科研队队长，肩上的担子重了，可他学习的热情更加高涨。

一天晚上，李登海如往常一样，在煤油灯下认真读书。娘催了一遍又一遍，李登海都舍不得放下手里的书本。书是向公社的农业技术员借的，要尽快看完还给人家。

白天，李登海在生产队运了一天的粪肥，有些累了。为了让自己不打瞌睡，他跑到院里，从水缸内舀了一瓢凉水，把头和脸在冷水中浸了一会儿，回屋接着读。

夜深了，不知什么时候开始，一阵强烈的困意袭来，手中的书掉到炕上。

睡梦中，李登海听到娘的呼喊声，他想睁眼，可怎么也睁不开，直到被人揪着耳朵从炕上提起来。李登海迷迷糊糊地睁开眼，只见炕上的枕头和被褥都着了火，他立马清醒过来，几步跑向屋外，提来一桶水浇在炕上，把火灭了。

原来，李登海睡着后，不小心碰倒了煤油灯。油和火星溅在枕头和被褥上，很快就烧了起来。多亏娘发现得及时，不然可就真出大事了。

他家屋子矮，屋顶又全是用草铺起来的，火苗一旦蹿上去烧着了屋顶，眨眼间就能塌下来。如果人来不及跑出去，被砸下来的屋顶困住，后果不堪设想。

娘担心类似的事情再发生，嘱咐李登海早点

睡，别熬那么晚。李登海嘴上应着，可一翻开书本，就忘了时间。为了不影响娘休息，每晚熄灯后，李登海把自己蒙在被窝里，打着手电筒继续看书。

正是靠着这股韧劲，李登海在玉米育种之路上，一步一个脚印地朝前迈进。

扛着自行车奔跑

除了看书，李登海不放过任何一个学习机会，公社的农业技术站是他常去的地方。

晚上收了工，李登海常常跑到西由公社，虚心向公社的农业技术员请教。有时聊着聊着忘了时间，三更半夜从西由公社走回后邓村是常有的事。

下雨天不能下地干活儿，李登海抓起块塑料布披上，挽起裤腿脱掉鞋，冒雨就往西由公社赶。因为他知道，下雨的时候，公社的农业技术员不用去村子做技术宣传，正好有时间解答自己的技术疑惑。

技术站里有与农业技术相关的书籍、材料，李登海借回家，仔细研读。公社的农业技术员都知道李登海爱读书，有什么农业技术资料，也愿意给他留着。

李登海最盼望的，是能听省里或市里的农业专家做报告。这样的机会太难得，他无论如何都不能错过。

机会终于来了。公社的技术员捎来口信：两天后的星期六上午九点，在县委招待所礼堂，省里的农业专家要来讲课。

李登海激动得睡不着觉。星期五一大早，他就跟邻居二叔说好，明天借他家的自行车去县里一趟。在当时，自行车可是个稀罕物件，一个村子里都未必有一辆，大家出门办事基本靠步行。能借来一辆自行车，要费很多周折，花很大的人情。

二叔家的自行车是用来串乡卖虾酱的，是一辆除了铃铛不响哪里都响的旧自行车。即使这样，二叔对他的自行车都宝贝得不行，空闲的时候，也极少外借。

李登海经常帮二叔家干活儿，偶尔借一次，二叔也不好拒绝。

星期五晚上，李登海提前把二叔家的自行车推到自己家。他找来一块旧布，先把自行车仔仔细细擦了一遍。接着他又找出机油，给嘎吱乱响的链条上了一遍油。滴到地上的机油也不能浪费，李登海用布抹起来，涂在车架上。这辆"灰头土脸"的自行车被李登海拾掇得锃光瓦亮，链条如流水一样顺畅，没了半点杂声。

因为明天要早早赶去县城听农业专家讲课，李登海躺在炕上看了一会儿书，就熄灯睡下了。

第二天，大公鸡才刚叫头遍，李登海就摸黑起来了。

"这么早，黑灯瞎火的，能看见道？"娘披着衣服爬起来，想给李登海做点吃的。

"能看见，都是走熟了的道。"李登海洗把脸，推上自行车就要往外走。

"四十多里地呢，不吃点咋行？"娘在李登海身后追着问。

"不饿。"李登海转头对娘说，"天不明呢，娘你再歇歇吧。我走了。"

李登海出了门，骑上自行车，顺着黑乎乎的街道朝村口驶去。

扛着自行车奔跑　　99

凌晨的风有点凉，可李登海头上和脸上的汗水却不停地往下淌。此时，他的心早已飞进了县城的礼堂。李登海越蹬越有劲，自行车也越跑越快。

东方微微露出点曙光。李登海看看路边的村庄，估摸着，再有差不多一半的路程，就能到县城了。

链条接连空转好几圈。李登海知道，是自行车老旧，滑轮了。他用力蹬几圈，不滑了，可过不多久，又滑起来。

自行车时快时慢地前行。遇到滑轮的时候，接连蹬几圈，自行车都不往前走。多亏出门早，时间来得及。

在一个下坡路上，自行车却行得很慢，蹬起来也格外费力。李登海凭经验意识到，车胎没气了。

李登海跳下车查看，发现后车胎瘪了。昨天晚上，他特意把前后两个车胎都打满了气，早晨出门时，还摁了摁，两个车胎里的气都足着呢。

李登海开始琢磨到底是什么原因。如果是气门芯没堵严实，车胎不可能一眨眼工夫就瘪了。一定是后车胎被什么硬东西给扎了。

在几近磨平的车胎花纹里，李登海果然抠出了一块尖尖的碎玻璃。

补胎对李登海来说不是什么难事，家里那辆独轮车的车胎坏了，都是他自己补。可现在前不着村后不着店的，拿什么来补胎？李登海前后左右看看，附近既没有村庄，也少有行人。即使偶遇一两个路过的人，大多也是步行。

怎么办？李登海急得满头满脸的汗。这个报告会，他等了好几个月，可偏偏这时候自行车出了毛病。他抬头看看天边，红彤彤一片，太阳就要出来了。李登海估摸着，时间大概七点，离报告会开始还有两个小时左右。

怎么办？无论如何，这个报告会千万不能耽误。强行骑瘪了胎的自行车，车轱辘会变形，到时候，要做的就不只补车胎这么简单了。李登海只能一只手扶车，另一只手拎着后座，推着自行车往前急走。可他只要稍走快点，左脚镫子就不停地磕右小腿。

就这速度，怕真的要耽误事。李登海急得汗水不停地往下淌。

李登海双手举起自行车扛在肩上,小跑着朝县城的方向奔去。

李登海推开县委招待所礼堂的大门时,肩上的自行车还没来得及放下。礼堂里的人纷纷转过头,好奇地盯着大汗淋漓、肩上还扛了辆自行车的李登海。

幸亏跑得快,报告会还没开始。

这个早晨,李登海扛着自行车跑了两个多小时,可他一点儿也不觉得累。没耽误听农业专家的报告,比什么都强。

李登海淌满汗水的脸上挂着憨憨的笑,那是从心底深处溢出的幸福的微笑。

行行出状元，人人争第一，事事要上游！

扛着自行车奔跑

二十粒"金种子"

李登海爱学习、肯钻研，在整个后邓村是出了名的。他勤劳又踏实的个性，赢得了下至后邓村村干部、科研队员，上至掖县相关农业专家的一致好评。他们相信，凭李登海的韧性与执着，总有一天会在种子繁育方面干出一番事业来。

李登海的努力与坚持果然没有白费，机会之门向他敞开。

经后邓村、西由公社和掖县相关领导及专家的层层推荐、选拔，李登海被选送到莱阳农业学校[①]进修一年。

---

① 莱阳农业学校：现青岛农业大学。

拿到通知书的那天，李登海激动得整整一夜没合眼。莱阳农业学校可是当地的最高学府，这样的好机会，对只有初中学历的李登海来说，是想都不敢想的事。

莱阳农业学校，一个陌生又新奇的地方。安静的校园，明亮的教室，平坦的操场，幽静的林荫道……最吸引李登海的，是学校的图书室。推开门，李登海愣了好一会儿，才轻轻走进去。一排排书架安静地矗立着，书架上的书比县新华书店的都多，很多农业科技方面的书，李登海更是第一次见。每一本书仿佛都在向李登海招手，他都想拿下来仔细看看，想知道里面究竟写了什么。

要在短短一年时间里，读完别的同学几年才能完成的学业，对李登海来说，是个不小的挑战。与之前零星获得的知识不同，这次，李登海要从最基本的光合作用、光合面积开始，系统地学习农学知识。土壤肥料学、遗传育种学、作物栽培学等十二门课程，让李登海基本具备了育种人的专业农学知识，为他以后玉米科研工作的开展奠定了坚实的理论基础。

在莱阳农业学校，李登海遇到了他的恩师刘恩训教授。刘教授知识渊博、治学严谨，在玉米高产品种的培育方面经验丰富。刘教授很赏识李登海这个刻苦又爱动脑子的学生。不管参加什么科研活动，他都愿意带着这个得意门生。

平时忙着上课，到了周末，李登海就忙着进试验田。他常常跟着刘恩训教授，在试验田里一待就是大半天。李登海边听讲解边仔细观察玉米的株型、长势、土壤，有不明白的地方，就认真向老师请教。

一个周末，刘恩训教授带李登海和几个学生去试验田。正是玉米扬花抽穗的时节，刘恩训教授先给同学们讲了玉米的田间管理，然后边讲解，边教大家给玉米授粉。

到了该回学校吃午饭的时间。这时，李登海突然在田埂边发现了一株长得格外粗壮，叶片格外青翠，叶片的形状也有点与众不同的玉米苗。李登海爱钻研的劲头上来了，他想仔细看看，这株玉米与别的玉米还有哪些不同。

李登海跟刘恩训教授说，他要再待一会儿。

下午，刘恩训教授找李登海有事，可哪里都找不到他的人影。

有位同学提议，去试验田看看，但马上遭到其他同学的反对，午饭都过去两个多小时了，李登海怎么可能还在试验田？

最后，同学们果然在试验田里找到了李登海，只见他正一边对一株玉米进行仔细测量，一边在本子上记录着。

原来，刘恩训教授带学生们回去后，李登海对那株玉米苗及其周围的其他秧苗进行了认真的观察比对，又发现了两株特别健壮的玉米苗。李登海给这三株玉米苗一一做了记号，打算定期观测它们的生长情况。

"登海，你一直没回去？"一个同学问。

"哦，一会儿就回去。"李登海低头在本子上写着，随口说。

"午饭没吃？"另一个同学问。

"午饭？"李登海有些茫然地抬起头，"你们吃饭了？"

"啥点了还没吃饭，抬头看看太阳！"同学有些不解地望着李登海。

李登海抬头一看,太阳果然偏西了不少。这时,他才意识到肚子正在咕咕叫。

回到学校后,李登海一看时间,才知道自己一个人在试验田里待了三个多小时。他居然没觉得饿,也不觉得渴,甚至连时间都忘了。

有机会在实验室里做实验,更是难得的学习机会。别的同学不愿做的实验,李登海抢着做。在实验室待一整夜,对李登海来说是家常便饭。那些别人觉得枯燥的实验数据,对李登海充满着诱惑。

早晨从实验室走出来,李登海用冷水匆忙洗把脸,跑到食堂买两个馒头抓在手里,边吃边往教室赶。上课时间快到了,可不能耽误听课。

以前,为了听一堂农业技术课,李登海做了很多别人难以做到的事——

雨中,他推着断了链条的自行车往前跑,几次摔进路边的水沟里,爬上来接着往前跑。

借不到自行车,半夜起床,步行五个多小时去县城。

顶着呼啸的北风，踩着没过小腿的大雪，前一天晚上就从家里出发，跑了将近一夜，手脚冻得失去了知觉。

……

如今教授就在身边，对每一堂课，李登海都十分珍惜。

即使感冒发高烧，嗓子疼得像刀割一样，吃不下饭也咽不了水，李登海依旧从床上艰难地爬起来，在室友的搀扶下，一步步走到教室。李登海不容许自己耽误哪怕一分钟的课业。

初中毕业后，由于各种原因，不能接受高等教育是他终身的遗憾。对知识的学习和追求，在李登海心中，是神圣且高于一切的事。

无论课业多么繁重，李登海都会尽量挤时间去图书室。如此丰富的精神食粮，在以往他想都不敢想。对每一本书，李登海都充满渴望和敬畏。下课后，他常常先跑到食堂买几个包子，午饭就在去图书室的路上解决。查资料、记笔记，他从前辈们的经验中汲取着丰富的营养。

李登海对学习认真执着的劲头和对育种的痴

迷，深深感动了刘恩训教授。毕业前，刘恩训教授把二十粒珍贵的杂交玉米种子"XL80"送给了李登海。

这二十粒"金种子"，让李登海培育高产玉米种子的理想，向现实迈进了一大步。

与时间赛跑的人

李登海所在的山东莱州地区，每年只能种一季玉米。一个玉米新品种，从最初的选种，到品质稳定，需要七八年的时间。而这七八年下来，成功率也只有十二万分之一。很多科研工作者辛苦一生，也不一定能培育出一个新品种。

李登海不怕辛苦，不怕失败，他担心的是时间不够用。七八年，太久了，李登海要与时间赛跑。

春节刚过完，他就在自家院子里动了工。翻地，施肥，垒墙，李登海决定在院子里搭建塑料大棚。

村里的老人不理解，自古以来，玉米每年只能种一季。就是最早的春玉米也要等开春化了冻，小草萌芽的时候才能开始播种。夏玉米则要等收完小麦才能种下。现如今，冬天还没过完呢，天寒地冻的就想种玉米，这哪能成？

勤劳善良的新婚妻子张永慧，也是农业科研队的一员，她很支持李登海的土办法。当初爱上李登海，就是因为看上了他的质朴、善良和对科研的痴迷。

小夫妻俩不分昼夜地干了好几天，终于把玉米大棚建起来了。李登海刨坑、浇水，妻子张永慧把一粒粒玉米种子埋进坑中。

莱州湾畔的冬天，夜晚温度能达到零下十几度。为了让种子能顺利发芽，李登海和妻子张永慧打了几床厚厚的草苫子[①]。傍晚，太阳一落山，他们就把草苫子盖在塑料棚顶，防止大棚里温度流失。到了早晨，太阳升起后，他们揭掉草苫子，让阳光透进塑料大棚，提高地温。

塑料大棚里那支温度计上的刻度，时时牵动着小夫妻俩的心。每天，他们不知要对着温度计看上

---

① 草苫（shān）子：用干草编的帘子，用来垫或盖东西。

多少遍。

一天、两天、三天……第五天早上，张永慧刚迈进大棚，眼前的景象让她忍不住惊呼起来。在她脚边，一株嫩绿的小芽冒了出来。

听到喊声的李登海跑进大棚，看着面前那一星嫩嫩的绿芽，激动得孩子一样跳了起来。

塑料大棚里的玉米种子陆续发了芽。看着这些碧绿的小苗，李登海和妻子就像看着自己的孩子，怎么都看不够。

施肥、浇水、保温、测量、记录，李登海和妻子钻进大棚里，一待就是大半天。

一天夜里，呼啸的风声惊醒了李登海。他忙披衣下床，鞋子都没来得及穿，就跑向门外的大棚。

草苫子连带压在上面的砖块，被大风吹到了地上。李登海赶紧抱起草苫子，想重新盖在大棚上，可他盖上这边，大风又把草苫子刮到那边。

张永慧跑出来，两人合力，总算把草苫子盖回了塑料大棚上。怕草苫子再被风刮跑，李登海把绳子搭在草苫子上，两头拴上板凳、椅子等重物固定。

李登海走进大棚,打开手电筒,看了看吊在棚顶的温度计,比以往这个时候低了三度。他琢磨了一下,跑回屋里,把封着的蜂窝煤炉子捅开,搬进了塑料大棚。

李登海一会儿跑到外面看看草苫子盖得严不严实,一会儿到塑料大棚里看看温度升上来没有。整个夜晚,李登海再没合眼。

过了一段时间,大棚里的玉米苗长势喜人,绿油油的,有小腿那么高。它们的每一点儿变化,李登海不光记在本子上,更记在心里。

一天傍晚,一家人正在灶屋吃饭,天上飘起了雪花。风越刮越大,雪花也越来越密。

"这雪越下越大,一层草苫子怕是挡不住寒吧?"张永慧看着鹅毛一样飘飞的雪花,问李登海。

李登海点了点头,他也正在为夜间大棚里的温度犯愁。玉米苗正是往上蹿的时候,可经不起冻。李登海琢磨着该用什么方法给大棚里的玉米苗取暖。

"咱给大棚盖个被子吧。"张永慧说。

"盖被子？盖啥被子？"李登海一时没反应过来。

张永慧放下碗，径直朝北屋走去。不一会儿，她怀抱着两床新被子走出来，朝李登海喊："快过来帮我！"

李登海跑出灶屋，只见妻子一只手抱着被子，另一只手揭开了塑料大棚上的草苫子。

"闺女，这可使不得，这可是你过门带过来的新被子啊！"娘踮着小脚，上前想拦住儿媳妇。

"没事，娘。"张永慧麻利地将一床新被子盖在塑料大棚上，"等天晴了，晒晒就行。"

李登海想阻拦的手，也被张永慧挡了回去。

李登海心里热乎乎的。家里穷，他和妻子结婚时，娘东拼西凑，也只给他做了一床褥子。这两床新被子都是妻子的嫁妆，张永慧对这两床被子很是爱惜，平时不舍得直接盖，怕弄脏了。每晚睡觉时，都是先把旧被子盖在身上，再把新被子搭在旧被子上。

张永慧拽着李登海一起，把两床新被子盖在了塑料大棚上。

中华先锋人物故事汇　李登海

雪越下越大，万一积雪把塑料大棚压塌，棚里的玉米苗就全完了。

李登海点起煤油灯，守在屋门口，每过一会儿，就把草苫子上的积雪清扫一遍。

雪直到天快亮才停。棚里的玉米苗没受到一丁点儿伤害，李登海的手脚却长出了冻疮。

在李登海夫妻俩的细心呵护下，塑料大棚里的玉米在麦子收获的时节成熟了。紧接着，他们种下了第二季玉米。

十月，正是田里夏玉米收割的季节，李登海他们种下的第二季玉米也成熟了。

这一年，李登海他们种出了两季玉米。用一年的时间，做了传统种植两年才能完成的事。

海南荔枝沟

在李登海的老家山东莱州,夏玉米每年只能种一季。即使他用土办法建起塑料大棚,也只能勉强种出两季。而建塑料大棚需要耗费大量的人力、物力、财力,不适合大面积推广。

按一年种植一季来算,培育一个玉米品种需要七八年的时间。李登海可等不起。经多方调研,李登海与妻子张永慧深入思考后,决定去海南建试验基地。

"人生能有几个七八年啊!咱不能等着,等不起。"李登海对妻子说。

对李登海这一大胆的想法,张永慧很支持。一年一季的传统种植模式确实不利于育种试验,她也希望李登海能尽快研究出高产新品种。

"海南一年能收种三季,等于一年干了三年的活儿。这个主意好!"可张永慧又有些担心,"海南那么远,那边的生活方式和生活习惯都跟咱不一样。咱到那人生地不熟的地方,肯定要吃很多苦,受很多难。"

"吃苦咱不怕。有啥困难,咱就想啥办法解决。只要对育种有利,就没啥困难是不能战胜的。"李登海信心十足。

去海南建基地,李登海心里最放心不下的是娘。在娘心里,那是个在天边的地方,娘舍不得他去那么远。

"娘的工作我来做,你放心。"张永慧明白李登海的心思。

"娘也不是不明事理的人,可她毕竟年纪大了,往后需要人照顾的地方也多。"李登海说。

"你尽管放心!有我在,不会让娘受苦。"张永慧微笑着宽慰李登海。

李登海点了点头,他心里清楚,善良的妻子一直待娘很亲。

张永慧知道娘劳碌了大半辈子，很不容易。家里有什么好吃的，张永慧总是先留给娘。娘想干什么活儿，张永慧也总抢过来自己干。

娘待张永慧比亲闺女都亲。看儿媳妇整天忙了家里忙地里，娘心疼，做饭的时候，去鸡窝里掏个鸡蛋，糊上泥巴丢进灶膛。等鸡蛋烧熟，悄悄塞给张永慧，"逼"着她吃。在那个粮食匮乏的年代，对一个普通家庭来说，鸡蛋可是奢侈品。

李登海知道，自己去海南后，妻子在家会更辛苦。可为了育种事业，他必须去海南，不能再在家一年年地等下去了。

张永慧给李登海准备了咸萝卜丝和海带丝，又蒸了大饽饽，让他们路上吃。

一九七八年，交通和通信都还很落后。十月，李登海带领他的团队出发了，一路上坐车、乘船，八天八夜后，他们到达了海南荔枝沟的落笔洞。

在荒凉的山沟里，李登海他们一切都要从头开始。

没有房子，就砍树枝、割茅草，自己动手建茅草屋。

中华先锋人物故事汇　李登海

没有床铺，就从附近的农家买来稻草，铺在地上，睡起了地铺。

没有菜吃，就用咸萝卜丝、海带丝下饭。

一千三百多根树根被他们一一挖出来，运到别处。用独轮车从沟外运来六千多立方米的土，把地填平整。三个多月，李登海他们三十多个人用断了三十多根扁担，用坏了五十多把铁锨。

李登海的第一个杂交玉米科研基地终于建成了。

埋进土里的玉米种子，在李登海的期盼中，慢慢长出碧绿的嫩芽。看着这些小苗，李登海心里比喝了蜜还甜。几个月的日夜辛劳，终于有了成果。

可接下来的艰辛，超出了李登海的预期。

在老家山东莱州的试验田里，种子发芽后，只要科学管理，秋后就能有不错的收成，基本不会发生玉米苗被禽畜破坏的事。可在荔枝沟的试验基地里，玉米苗刚冒出来，山上的水牛、老乡散养的猪和鸡就惦记上了。玉米苗长得越高，被禽畜破坏的可能性就越大。

特别是水牛，它与黄牛的习性不一样，对玉米苗的破坏更严重。

黄牛偶尔啃吃玉米苗，是从梢上开始吃，只要发现及时，小苗能保住。

水牛是从玉米根部下嘴，一口下去，玉米苗就从根上被咬断，再无成活的可能。

黄牛是时时被主人牢牢拴着的，外出吃草时被拴在某棵树上，或被缰绳上的木橛钉在某个地方，活动范围只有缰绳那么长。夜晚，牛被牵回家，也会被拴在槽头上。万一槽头的缰绳松了，牛也跑不出院子。

海南的水牛可比山东的黄牛自由多了。白天，主人散开缰绳，让牛自由地走动、吃草、玩水。水牛们随时都可以跑到玉米田里大吃一顿。到了晚上，水牛也不回家，它们被主人拴在某个山坡上。哪头调皮的水牛饿了或想跑出去玩耍，用力挣开缰绳，跑到山下的玉米田里是常有的事。

为了防止水牛吃玉米苗，李登海动了很多脑筋。

李登海带领大家在玉米田周围竖了一些穿衣服的假人，吓唬那些爱偷吃的水牛。这个办法前一两天挺管用，可到了第三天，聪明的水牛就发现假人与真人的区别。只要一头水牛进了田，别的水牛也会跟着来。

李登海又想到上山砍树枝，在玉米田周围搭篱笆。篱笆墙对稍老实一点儿的水牛能起一些作用，但喜欢到处乱跑的水牛往往不那么老实，它们自有越过篱笆的办法。

各种方法试过了，效果都不好。最后，李登海干脆跟大家轮流守在玉米田边。到了晚上，李登海常常跑到山坡上，借着月光，挨个儿拎一拎水牛的缰绳，看拴得牢不牢。

在田边巡逻是李登海每晚必做的功课。南方的野外，蚊虫又大又多，啪啪直往脸上撞。被咬一口，就是一个小枣子大的包。蛇也多，说不准什么时候就从草丛里爬出来。到了后半夜，实在太困，李登海就在头上和腿上各套一个麻袋，倒头躺在玉米地垄里睡一会儿。起来后，接着绕玉米田巡逻。

接连三十多个春节，李登海都在海南的基地里，与他的试验田和田里的玉米们一起度过。

他的同事评价李登海，他用近五十年的时间，进行了一百五十多代玉米的加代选育工作，相当于干了三代人的活儿。

榜样的力量

李登海要在他的家乡掖县后邓村,建一个民营农业科研单位——后邓试验站。建站之初,李登海就确定了自己的目标和方向。

李登海跟妻子张永慧商量:"咱们建试验站,一不向集体伸手,二不向国家要钱。靠咱自己把站点建起来。"

李登海的想法得到了妻子的支持。

"靠自己,有压力,也更有动力。"张永慧说。

"咱们自负盈亏搞科研,以科研养科研,我觉得这条路子能成。"李登海对未来充满信心。

"这几年,咱们也积累了一些经验。认准了就往前奔,能成!"张永慧也信心十足。

"等咱们的科研成果出来了，就奉献给国家。"李登海回忆起过往的点滴：参加农业科研队，让他走上了科研之路；莱阳农业学校的学习生涯，尽管只有短短一年，却让他在农业科研的道路上向前迈进了一大步。李登海始终不忘国家对他的栽培。

"对。大家都富裕了，国家才能更强大。"妻子望着李登海，深情地说。具有高中学历的张永慧，勤劳善良，和李登海一样，也是个有情怀的人。

"咱们可以在农业科研、种子推广方面，开创出一条新路子来。"李登海说完，从抽屉里拿出他的日记本。

张永慧知道，每逢重大事件，李登海都要拿出他的日记本，念一念上面的名人名言。每年除夕，李登海不管多忙，也不管在哪里，都会把日记本上的名人名言重新抄写一遍。多少年来，这个习惯从未改变。

每看到一句名言，李登海都如获至宝，一定会在第一时间将它记下来，再工整地誊抄在自己的日记本上。

当李登海遇到困难时，名言是他的加油站；当李登海稍有松懈时，名言是他前进的助推器。日记本里的名人名言，时时激励和鞭策着李登海。

那本日记本上的名言，张永慧也都能背诵出来。

李登海刚开了个头："在科学上没有平坦的……"

张永慧马上接下一句："……大道，只有不畏劳苦沿着陡峭山路攀登的人，才有希望达到光辉的顶点——马克思。"

李登海刚刚读出："我们是国家的……"

张永慧马上跟着背诵："……主人，应该处处为国家着想——雷锋。"

张永慧和李登海一起念："工作就是人生的价值，人生的欢乐，也是幸福之所在——罗丹。"

夫妻俩背诵名人名言时，有时会心地相视一笑，有时忍不住泪流满面。笑过哭过后，心中的目标更加明确，他们携手并肩，重新启航。

李登海自筹两万元资金，后邓试验站挂牌成立。这个试验站，是全国第一个杂交玉米科研、生产、推广、销售一体化的民营农业科研单位。李登海始终坚信，只有依靠科研创新，才能发展壮大试验站。他带领试验站的九个人，开始了育种工作。

他们从开沟播种的方式、种植密度、有机肥与化肥的使用配比、水分、温度等方方面面入手，一一进行详细研讨。李登海非常清楚，这看似不起眼的每一项，都与产量有着密不可分的关系。

种植时，他们采取育苗移栽、麦田套种、麦后抢茬直播等种植方式，最大限度地延长夏玉米的生长期，使玉米吸收更多的光和热。

他们还对土壤、水肥等进行科学管理。

他们还根据不同玉米品种的特点，进行宽窄行、等行距不等株距、等行距等株距等试验，对不同品种、不同阶段的绿叶面积、叶向角度、光合作用等进行测量和分析。

一年又一年，在科学育种的道路上，李登海艰难跋涉着。从高产攻关前的平均亩产量一百多公斤，到平均亩产量超过五百公斤的"掖单1号"，再到平均亩产量首次突破七百五十公斤的"掖单2号"，李登海和他的团队，付出了长达八年的不懈努力。

八年时间里,李登海团队先后引进全国一百多个平展型玉米杂交品种,做了一百二十多块高产攻关田的试验。但遗憾的是,没有一个品种能突破七百公斤产量的大关。

玉米高产育种试验进入了瓶颈期。是止步于现有的成绩,还是继续攻坚克难?摆在李登海面前的是两条不同的路。

与攻关之前的亩产量相比,现有亩产量是原来的数倍。对国内夏玉米来说,已达高产顶峰。"掖单2号"创下了我国夏玉米单产新纪录,获得国家星火奖一等奖。

虽说目前亩产量的成绩可圈可点,但与美国的最高纪录相比,还有很大的差距。

不服输的李登海从未想过放弃,他打开自己的日记本,大声诵读着:"在科学上没有平坦的大道,只有不畏劳苦沿着陡峭山路攀登的人,才有希望达到光辉的顶点——马克思。"

合上日记本,李登海抹去眼角的泪水,心中奋斗的目标依旧坚定。

有趣的试验

让夏玉米的产量突破七百公斤,一直是摆在李登海面前的难题。

李登海梳理多年来玉米育种的经验,查漏补缺,多方请教专家学者,听取他们的意见和建议。李登海悟出,要想玉米更高产,首先必须解决"源"和"库"的问题。

所谓"源",就是高产玉米杂交种应该是叶片紧凑、生育期较长的中晚熟杂交种,要具有抗病虫害和抗倒伏的能力。

所谓"库",是指玉米要具有穗型大、籽粒大、粒重高的特点,使光合产物的积累有一个容纳空间。

找到了问题的症结所在，李登海信心百倍地开启新的征程。

李登海邀请山东省农业科学院的专家，在两块不同的试验田里，选了两个不同的玉米品种，做了一个有趣的玉米株型改型试验。

李登海先在一块平展型杂交玉米试验田里，将平展的叶片一片片吊起来，让叶片与玉米秆的角度从原来的钝角变成了锐角。一株株平展型玉米，被"改造"成叶片上冲的紧凑型玉米。

李登海又在另一块叶片紧凑的杂交玉米试验田里，将紧凑的玉米叶片一片片拉下来，让叶片与玉米秆的角度由锐角变为钝角。一株株紧凑型玉米，被"改造"成叶片平伸的平展型玉米。

对这些参与改型试验的杂交玉米，李登海格外上心，除了进行合理的施肥、浇水等日常管理外，每天他都要到这两块试验田里仔细观察，详细记录它们在生长过程中发生的细微变化。

收获时节到了，经过对比，李登海用试验结果证明了自己最初的推断。

平展型杂交玉米被改成紧凑型杂交玉米后，亩

有趣的试验

产量比原来提高了百分之二十一。而紧凑型杂交玉米被改为平展型杂交玉米后，亩产量比原来减少了百分之二十。

为什么杂交玉米的株型改变后，产量会随之改变呢？一个新课题，又摆在了李登海面前。

李登海翻阅大量资料，请教相关专家，结合自己几十年杂交玉米育种的相关经验，他把自己保存的上百万粒种子的栽培记录认真整理出来，终于找到了株型改变影响玉米产量的关键原因。

平展型杂交玉米的叶片与玉米秆成钝角，叶片受阳光直射，温度升高快，导致气孔闭合多，影响二氧化碳的进入。叶片的光合作用效率变低，最终影响了玉米的产量。

紧凑型杂交玉米的叶片与玉米秆成锐角，阳光斜射在叶片上，叶片温度较低，气孔闭合相对较少。叶片能进行充分的光合作用，植株生长旺盛，产量也相对提高。

这一发现，让李登海再次找到了提高杂交玉米亩产量的新方向。他开始选育叶片上冲、适宜密植的紧凑型杂交玉米新品种。

在李登海培育的"掖单6号""掖单7号"玉米亩产量突破九百公斤后，他给自己的试验确立了新的目标：让亩产量突破一千公斤，创世界夏玉米高产纪录。

　　"想要突破，关键在于能否找到亩产量一千公斤的紧凑型高配合力自交系[①]。"张永慧跟李登海一样，也时刻思考着杂交玉米高产的事。

　　把年幼的儿子李旭华放在娘家后，张永慧来到了海南荔枝沟，跟李登海一起，在杂交玉米试验田里从早忙到晚，查看不同品种的优劣，记录杂交玉米在各个时期的生长情况。

　　"你的思路很对，关键是去哪里找这种紧凑型高配合力自交系呢？"对妻子提出的问题，李登海很认同，但他也有些犯愁。

　　李登海将国内能找到的高配合力自交系几乎都测交[②]过，可组配出的杂交种的亩产量都难以突破一千公斤。

---

① 自交系：人工控制自花授粉所得的单株后代。通过优良自交系间杂交，可获得产量高的杂种，广泛用于玉米等作物育种。
② 测交：用来测定杂种子一代基因型的方法。

有趣的试验　　139

李登海和张永慧查阅大量资料，认真分析了几十年来育种的数据，最终筛选出了两个较满意的品种：沈阳市农业科学院培育的"5003"自交系和莱州市农业科学研究所培育的"8112"自交系。

"5003"自交系具有果穗大、配合力高、抗倒伏等优点，缺点是叶片角度大，株型不紧凑。

"8112"自交系具有根系发达、茎秆坚硬、叶片上冲、株型紧凑、双穗率高的优点，缺点是配合力低。

李登海对张永慧说："把这两个自交系杂交在一起，作为选育新自交系的基本材料，选育出具有双亲优势的新自交系，会不会是一个很好的方案呢？"

"我也觉得让这两个品种进行杂交很合适。"张永慧点点头。

李登海和妻子说干就干，他们在荔枝沟落笔洞的杂交玉米试验基地，将"5003"和"8112"两个自交系进行了杂交组配。

在大量的分离选择后，经过加代选育，他们培育出了亩产量达一千公斤的高产杂交种"478"自交系。

李登海率先在我国证实和确立了杂交玉米育种的主流——选育紧凑型杂交玉米品种，推动了我国杂交玉米由平展型向紧凑型发展的历史性转变。

一九八九年，李登海培育的"掖单13号"夏玉米杂交品种，亩产量达到了一千零九十六点二九公斤，首创世界夏玉米单产纪录，获得国家科学技术进步奖一等奖。

二〇〇五年，"登海661号"杂交玉米品种，亩产量达到一千四百零二点八六公斤，以超出世界夏玉米单产纪录三百零六点五七公斤的产量，再一次刷新了由他保持的世界夏玉米高产纪录。

三十多个春节

李登海带领他的科研团队,每年在全国各地进行九批播种:黑龙江春播一批,山东春播和夏播两批,广西春播和夏播两批,海南从九月初到翌年六月初,先后播种四批。

李登海从早到晚待在他的试验田里,对每一个剥开的果穗仔细观察和挑选,保留其中的优良品种作为育种材料,进行播种选育。

张永慧评价李登海时说:"登海这个人啊,心里始终装着他的试验田,装着他的玉米。几十年来,没有周末,没有节假日,更没有八小时工作制。天还没亮透呢,他就起床下地了。晚上天黑得看不见了,他才收工。每天都要工作十四五个小时,甚至更多。"

工作服、胶鞋、草帽,是李登海的日常穿着。只要没什么必须出席的外出活动,大家总能在某块试验田里看到他忙碌的身影。

为了钟爱的育种事业,连续三十八个春节,李登海都待在海南荔枝沟,守着他的试验田。

不能回山东老家与娘一起过个团圆年,李登海心里愧疚万分。在缺衣少食的年代,娘吃了多少苦,受了多少难,李登海心里都清楚。每每记起,他的心里都五味杂陈。

李登海也想多陪娘说说话,过年过节时,能跟娘在一起。可春节前后正是杂交玉米授粉的关键期,观察,记录,一天都不能少。那些不断生长的玉米,牵着他的心,扯着他的肺,让他一刻都无法离开。

娘知道李登海干的是大事,忙。娘从不抱怨。

李登海抽空回老家看娘。娘拉着他的手说:"海南离咱这么远,你那么忙,别常回来了。又是坐车又是坐船的,怪累的。"

吃多少苦都不曾吭一声的李登海,听完娘的这番话，眼眶红了。

"娘在家好着呢。"娘紧握着李登海的手，"如今日子这么好，吃的、穿的、用的，要啥有啥。不用记挂娘，娘知道你干的是大事，忙。"

李登海再也忍不住，把脸伏在娘的手心里，泪流满面。

"看你这孩子，咋还跟个娃娃一样呢！"娘用布满皱纹的手，轻拍着李登海的背。

大字不识一个的娘，心里跟明镜一样，她知道李登海干的是能让田里多打粮食，让人们吃饱饭的好事。从前挨的饿，娘这一生都不会忘掉。

李登海在心里暗暗决定：这个春节，不管试验田里的工作多忙，他都要抽空回家一趟，陪年迈的娘一起过个年。对娘的承诺虽没说出口，但只要心中决定的事，李登海就一定要做到。

春节快到了。试验田里的玉米正处于扬花抽穗的重要生长期，也是试验的关键期。每天天不亮，李登海就拿着笔、本子和尺子，到田里去观察，去记录。晚上天黑透了，他才回到住的地方。

随着春节一天天临近，李登海的心中很纠结。

娘老了，他能陪娘的时间过一年就少一年。一头是生他养他的娘，另一头是如他的孩子一样的玉米。哪一头，他都无法割舍。

张永慧看着李登海早出晚归的样子，实在不忍心跟他提回家过年的事。以往的每个春节，善良孝顺的张永慧都选择放弃夫妻团聚，独自回老家陪娘过年。

结婚这么多年，张永慧知道李登海是个孝子。在老家时，李登海每次从外地回来，都是先到娘屋里看了娘，陪娘说一会儿话，才回他们屋。那时候赚钱少，李登海常常饿着肚子，把省下来的钱给娘买点好吃的。

李登海向妻子说过，他小时候，娘去赶集，宁愿自己饿着肚子回来，也要给他买两个猪肉大葱馅的包子。现在，娘老了，老小孩就是小小孩。

回家的日子再往后推，怕是连票都买不到了。张永慧看在眼里，急在心里。她抽空问了李登海回家过年的事。

李登海很肯定地说要回去，可回山东的时间却一直定不下来。

"登海，我知道你放不下娘，也舍不得田里的玉米。你看这样行不行，要不咱把娘接过来，在海南一起过年？"张永慧趁跟李登海一起去田里的工夫，说出了自己在心中琢磨了好几天的话。

李登海愣了一下，转头看向妻子："这倒是个好办法。不过娘年纪这么大，这么远的路，能行？"

"娘的身体一直硬实，路上细心照料着，应该没啥问题。"张永慧说。

"娘不认识字，年纪又大了，咋来呢？"李登海一时又有些为难。

"你觉得行，我去接娘。"张永慧望着李登海。

妻子细心，对娘孝顺，她去接娘，李登海一百个放心。

"永慧，可真是辛苦你了。"李登海心中充满感激。

"看你，说的啥话呀！那是咱娘，又不是别人！"妻子嗔怪地瞥一眼李登海。

张永慧立马回了老家。几天后，年逾九旬的老母亲王锡珍在张永慧的陪伴下，乘飞机，坐汽车，历时十七个小时,来到了海南荔枝沟。

看着风尘仆仆的妻子和几个月未见面的娘,李登海笑着迎上去,眼里却溢出了泪水。

在海南荔枝沟的玉米试验田边,李登海和娘在一起,过了一个团圆年。

"娘来海南后,你变得像个孩子。"张永慧打趣李登海说。

"在娘面前,我啥时候都是个孩子。"李登海笑了,笑得幸福又甜蜜。

两个"一千亿"

我国目前种植的杂交玉米,很多品种,都与李登海选育的自交系亲本有血缘关系。

李登海只有初中文化,但他却屡创玉米高产的奇迹。他选育出两百多个紧凑型高产玉米杂交品种,其中九十多个通过审定,十一项获发明专利,一百七十项获植物新品种权。由他培育出的紧凑型杂交玉米高产新品种,累计推广种植面积十五亿多亩,为国家增加经济效益一千五百多亿元。

李登海被誉为"中国紧凑型杂交玉米之父"。

二〇〇五年,亚太地区种子协会颁发特别奖,中国有两位育种专家获此殊荣,他们分别是杂交水稻育种专家袁隆平和紧凑型杂交玉米育种专家李登海。从此，在育种界便有了"南袁北李"之说。

在杂交玉米育种的道路上，李登海就像一位让玉米高产的魔法师，一次又一次打破玉米高产纪录，让夏玉米的产量翻了又翻。

任何的成功都非一日之功，李登海也不例外。高产奇迹的背后，是常人难以想象的付出。

李登海利用自己选育的玉米高产品种，不间断地进行玉米高产攻关试验。

这天夜里，突然刮起了龙卷风，暴雨裹挟着冰雹，倾盆而下。心急如焚的李登海不顾妻子的阻拦，冲进狂风暴雨中。

李登海跌跌撞撞地来到试验田，即将成熟的高产玉米经不住狂风、暴雨和冰雹的摧残，大多被拦腰折断。直径超过七厘米的大冰雹，把玉米叶片打得千疮百孔。

眼前的景象，像刀子一样扎着李登海的心，他一下瘫坐在地垄上，忍不住抱头痛哭。

随后赶来的张永慧，把李登海从地上拉起来。

"这一季毁了，还有下一季。"张永慧和李登海相互搀扶着，跌跌撞撞地往回走。

"下一季不行还有下下季。来吧，来吧，你吓不倒我！"李登海朝着空中大吼，他弯腰捡起一颗大冰雹，高抬手臂铆足了劲，把冰雹扔进了狂风暴雨中。

为了理想我宁愿忍受寂寞，
饮尽那份孤独。
……
三百六十五里路呀，
从故乡到异乡，
三百六十五里路呀，
从少年到白头。
……

狂风暴雨中，李登海大声唱起他喜欢的《三百六十五里路》。狂风呛得他们透不过气，歌声断断续续，可他们没有放弃高歌，泪水、雨水在两张脸上肆意流淌。

这样毁灭性的自然灾害，李登海经历了何止一次两次！台风、暴雨、冰雹、干旱、虫灾……毁掉的是一季的心血、一季的收成，毁不掉的是那颗永不服输、坚强执着的心。

李登海坚信，风雨过后才会有彩虹。几十年如一日，不管经历什么困难挫折，不服输的他都咬牙挺了过去。

成功了，他没有迷失方向，而是将成功作为一个新的起点，朝下一个高产目标继续奋进。失败了，他没有倒下，爬起来，擦干泪水，继续前行。

对社会，李登海一贯慷慨大方。

他不向国家要一分钱的科研经费，却将自己精心培育的三十多个玉米自交系品种及大量的科研成果，无偿献给国家。

汶川大地震时，李登海的登海种业特意挑选出玉米良种，支援灾区。

登海种业每年都拿出巨额资金，投入科研。

为了改变全国农业大学农科学生有所减少的状况，登海种业每年都拿出一定资金，奖励和资助十所农业大学中的农科系学生。

李登海对自己，却是出了名地抠门。

一身工作服、一双胶鞋、一顶草帽，是李登海的日常穿戴。

大葱蘸酱、海带丝、咸菜、玉米豆面饭、菜包子，是李登海餐桌上的日常饮食。

出差的时候，挑时间最晚、最便宜的机票，宁愿多等几个小时，也不坐头等舱。

二〇一三年，李登海卸任登海种业董事长职务，继续专心研究紧凑型杂交玉米育种。卸任那天，李登海拿出他的日记本，在上面认真写下八个大字："生命不息，创新不止。"

李登海依然保持着几十年养成的习惯：清晨五点多起床，先到他的玉米地里转一圈。看着那些每天都在变化着的玉米，李登海就像看到在不断长大的孩子。他看看这株玉米的穗儿，瞧瞧那株玉米的叶片，目光中，是藏不住的爱。

李登海从进入后邓村农业科研队开始，从立志要超越美国育种专家起，几十年如一日，在高产杂交玉米的育种道路上，从未停下探索的脚步。

李登海说："我的前半生，培育了紧凑型杂交玉米高产品种，累计为国家创造社会经济效益一千多亿元，下半生争取再为国家创造一千亿元。"

把论文写在大地上

李登海用几十年不懈的科研创新,开创出中国玉米的高产之路。这对人多地少的中国来说,具有重要意义。

玉米作为中国的第一大农作物,是重要的粮食作物、主要的饲料作物、高效的经济作物。玉米产量的高低,直接关系到国民经济的发展和人民生活水平的提高。我们日常生活中所需的肉、蛋、奶、油等,都或多或少与玉米有关联。玉米一旦短缺,人们的生活水平将受到很大影响。

如果说小麦、水稻解决了中国人"吃饱"的问题,那么玉米则解决了中国人"吃好"的问题。

从决心攻克玉米高产难题的那天起,李登海就将国家利益至上，根植在自己的血脉中，他清楚地知道，只有培育出我们自己的种子，中国的农业安全才有保障。

李登海以国家粮食安全为己任，以坚定的信念，一步一个脚印地致力于高产玉米的育种、攻关和推广，有力地推动了我国杂交玉米高产育种的科技进步。他培育的紧凑型杂交玉米品种，七次创造了我国夏玉米高产纪录，两次刷新世界夏玉米高产纪录。

李登海用事实证明，玉米亩产量突破一千六百公斤不是梦，更为一亩地能养活四五个中国人提供了切实有力的证据。

李登海没有傲人的高学历，但他却勇于探索，敢于创新；面对挫折与失败，不屈不挠；面对非凡的业绩，不骄不躁。

李登海没有论文在权威杂志上发表，但他用近五十年的不懈努力，用行动，把自己的论文写在了中国的大地上。

李登海在玉米高产方面做出的突出贡献，将被永远记录在千千万万老百姓的心中。